空心手帳

八木詠美

懷孕第五週

傍晚的蔬菜非常新鮮，就連水菜葉尖展現的生命力，都跟夜晚的風貌完全不同。店裡的顧客也充滿旺盛的意志，準備把食材買回家做成料理，裝入肚子中。

這真的是同一間超市嗎？這裡沒有開始變乾的生魚片，沒有積了紅色汁液的雞肉包裝，也沒有一臉哀怨地挑選貼了半價貼紙的熟食的人。燈光把白色地板照得更白，背景音樂仔細聽只是在重複包含店名的簡短臺詞，卻和顧客的交談聲恰到好處地融合在一起，成功地營造出店內的活力氣氛。我選了人較少的收銀臺排隊，排在我前方的是個彎腰駝背、個子不到我肩膀高度的男人，看似不胖但肉鬆鬆垮垮的手臂上掛著的購物籃中，擺在最上面的是涮涮鍋用的鹿兒島縣產黑豬肉（大包裝）。

我提著適度裝滿的購物袋踏上回程，天空仍殘留著些許透明的光線。打開公寓的金屬門，室內的幽暗形成的落差讓我產生輕微暈眩。我一脫下皮鞋就癱在地上，躺在玄關好一陣子，心想這實在是太奢侈了。殘餘的暑氣甚至令人厭倦到感覺倦怠。我從容享受著地板親切的冰涼。抬起頭看到夕陽仍照射著室內，內心感覺無比安樂。

懷孕真的很奢侈，也真的很寂寞。

我是在四天前懷孕的。

「咦，杯子怎麼還留在這裡？」

課長一回到部門辦公區就在嘀咕。傍晚油膩的空氣中，多了股菸味。

「是什麼時候的杯子？喔對了，是午休之後有訪客來的那時候。」

這回他稍微放大聲音。不過不論他講得多大聲、在那裡確認時間，杯盤也不會自己走到水槽。

沒有人抬起頭。每個人都不覺得這段話是在對他們說的。我也仿照他們低下頭，盯著電腦上的一點。因為注視太久，白色的畫面彷彿裂開而出現花紋。我很忙——沒錯，實際上我真的很忙。交期已經逼近，而且我還被指派製作上一季業績報告的資料，就跟其他員工一樣。

一道影子出現在螢幕上的 Excel 畫面。

喂，杯子。

好像有人在對杯子說話。真是怪異的癖好。我緊閉嘴巴以免吸入乾枯的氣息，並連續敲打空白鍵。

柴田。

課長站在我背後。我彷彿可以看到煙。

「柴田，會談區的咖啡杯好像還沒收拾喔。」

呃，好的。

我緩緩地站起來，課長已經回到最後面的自己座位，重新擺好據說是郵購買的防腰痛椅墊。

其他人都沒有抬起頭。這也很正常，畢竟收拾咖啡杯跟他們無關。他們大概甚至沒有想過會有那樣的工作。我扶正倒在走道中央的垃圾桶，前往同一樓層的會談區。

雖然說是會談區，實際上只是在樓層角落隔出一塊區域，放幾張小桌椅。代替牆壁的隔間板上黏著類似膠帶的痕跡。我不知道什麼情況會在這種地方貼膠帶，不過幾乎每一塊隔間板上都有些痕跡，有些甚至還黏黏的。樓下雖然也有正式的會客室，不過只有部長以上的人會使用，或者應該說才能使用。

這是連反抗都稱不上的小實驗。我想要測試會不會有其他人（譬如參加那場會議的人）收拾杯子。「呼，總算討論完了。對了，喝完咖啡的杯子還留在這裡。剛剛是柴田幫我們泡的咖啡，收拾工作就自己來吧。」至少也該有一個人會這麼想吧？我只是有些好奇，如果在會議之後，沒有一個明明沒參加會議、卻特地等候會議結束時間自動過來收拾杯子的人，他們會怎麼反應。

也因此，只要杯中殘留一點點的咖啡裡沒有插入菸蒂，或是放到下午四點半的菸蒂氣味沒有這麼嚴重，我原本打算乖乖地收拾。

「抱歉。」

我叫住剛好經過的課長。他似乎正要到茶水間，手中拿著馬克杯和茶包，大概是最近迷上的明日葉茶吧。

「今天可以請你幫忙收拾嗎？」

「什麼？」

「我今天沒辦法收拾。」

「妳怎麼突然這麼說？」

「我懷孕了，咖啡的味道會讓我害喜。香菸氣味也不行。還有，這棟大樓應該是全棟禁菸吧？」

就這樣，我懷孕了。

人事課問我預產期時，我隨口回答明年五月中旬，因此倒回來計算，我現在是懷孕第五週。我等於是意想不到地過早告知公司。

關於懷孕期間的工作步調，人事課要我看自己的身體狀況，由部門內部來決定，因此我首先找課長討論。課長去找部長討論，部長則顯得很困擾。這一點不用想也知道，畢竟本部門除了我之外都是男人。在我進入公司前，似乎曾有兩位兼職的女員工，不過其中一人為了照顧年邁的父母親、另一人因為結婚而辭職了。

我試著要求在身體狀況穩定之前，能夠暫時按照正常下班時間回家，沒想到竟然順利獲得許可。雖然不知道其他人在背地裡說什麼，不過只要不知道就沒什麼問題。我也要求稍微減少業務量，因此得以每天比先前提早兩、三小時回家。部長和課長似乎都不記得自己的太太懷孕期間的情況，也有助於我如願以償。

相較於我的下班時間，部長和課長更在意的是咖啡的問題。誰要在訪客來臨時替每個人泡咖啡、並且在事後收拾？如果牛奶用完了，要拜託公司裡的哪個部門？他們要我用 WORD 製作指南，然後當我不在時，男員工之間進行討論，決定由前年剛畢業就進入公司的男生負責。

「沒想到這麼簡單。」

他要我教他泡咖啡，於是我就在茶水間示範給他看，他便感嘆地這麼說。我告訴他：「這是即溶咖啡，當然很簡單。」

懷孕第七週

我一開始以為是附近的車站在舉辦活動，或者這群人也可能是正要從客戶公司回到自己公司。我沒有想到大家在這麼早的時間就下班回家，使得電車裡擠滿了人。而且這些人並沒有因為今天這麼早回家而顯得高興。看到有這麼多人理所當然地在五點多下班回家，讓我著實感到驚訝。

他們大多是比我年長許多的男女，或是稍微年輕的女性。這些比我年輕的女孩子在擁擠的車廂中，壓著蓬鬆的裙子在滑手機。相較於過去的回家時間跟我同一車廂的女性，這些女孩子臉上的妝通常更精緻，即使到了傍晚，粉底也沒有脫妝，臉頰上的橘色腮紅彷彿剛剛刷上去般光澤亮麗。

另一方面，年長許多的女人則大多沒有化妝，而且有很高的機率穿著貼身的剪裁上衣。不是襯衫、不是短罩衫，也不是毛衣，而是只能稱之為剪裁上衣的服裝。雖然也有很多人穿黑色或白色，不過放眼望去，車廂內也有淡粉紅色、黃色、紫色等各種粉色系的服裝，而且基本上都是寬鬆的褲子搭配健走鞋。當我在發呆的時候，一名穿著粉綠色剪裁上衣的女人在我面前拿出水壺，很大方地倒茶來喝。水壺裡似乎還殘留著冰塊，發出「喀啦喀啦」的聲音。

下了電車之後，我先到站前的超市，一邊對照著在電車上搜尋後選中的食譜，一邊拿起一樣樣肉類與蔬菜。這個時間還有很多食材剩下來。如果意外看到產地直送蔬菜或當季鮮魚，我也會放入購物籃裡。在排隊等候結帳時，我眺望外面，看到一群高中男生聚集在章魚燒攤位前，每個人都背著用大字印著校名的運動背包，吃著熱騰騰的章魚燒；他們的臉孔都晒得很黑，彼此相似到難以區分。

我結束購物之後回到公寓，時間才傍晚六點半。我來到陽臺上，聽到或許是在練習的鋼琴聲，不斷反覆同一段樂句。我收回晾在外面的衣服折好，用吸塵器打掃整間房間之後開始做飯。今天的主菜是燉根莖類蔬菜與雞腿肉。我蓋上燉鍋的鍋內蓋，在燉煮期間同時製作味噌湯和小菜。味噌湯的料是秋茄，小菜則是涼拌蔬菜和竹輪。因為有比較多的時間，可以做的料理也增加了，讓我可以過著適合孕婦的健康飲食生活。我感受到皮膚狀況改善，體重好像也增加了。昨天午休時間，坐在對面的男同事問我：「妳不會害喜之類的嗎？」

「嗯，我的症狀好像沒有很嚴重。」

「那就好。妳最近都不吃便利商店的便當，我想說懷孕果然還是會在意很多方面。」

從上星期開始，我就自己在家做便當帶到公司。

吃完晚餐之後，外面總算天黑了；入夜時分的風悄悄從紗窗吹進來，輕撫我赤裸的腳。我為了拉上窗簾站起來，順便按下浴室的熱水開關。

最近因為有時間，所以我在洗澡時不會只是匆匆淋浴，而會好好地泡熱水澡。有時我也會使用之前做為贈禮或喜宴禮品收到、卻一直放在洗手臺下方的入浴劑。

或許是心理作用，昂貴的入浴劑對於解除疲勞很有效。雖然我也會覺得，或許應該留到很晚回到家、累到說不出話的工作旺季再使用，不過真的很累的時候根本無心去想到入浴劑，所以也沒辦法。

今天我選了死海之鹽的入浴劑。浴缸裡化為死海。據說鹽分會滲入汗腺裡，排除身體老廢物質，促進發汗作用。不知是否心理作用，我感覺身體好像比平常更能浮起來。

我試著把背躺到熱水裡，毫無防備地浸入死海當中。這時我想起以前在水族館看到的儒艮。只看過一次的儒艮彷彿從來沒有想像過要算計人，或是被人算計，在完全是綠色的水槽中緩緩隨波搖曳。儒艮的臉看起來感覺脾氣很好。

或許是因為入浴劑的效果，當我洗完澡用吹風機吹乾頭髮時，感到房間裡有點熱。紗窗外傳來大概是走在附近的學生說話的聲音。我把原本已經準備要收起來的電風扇搬到房間中央，坐在單人沙發上。我沒有放音樂。

我以為自己喜歡音樂。直到現在，在從家裡走到車站的途中，或是等人或等電車的時候，我也仍舊會用手機聽音樂，到了夏天則會去參加音樂節。不過像這樣有了時間之後，當我在沒有其他人的房間裡放音樂，我會不知道該怎麼聽。當看不見身影的歌手奮力唱歌時，我不知道該看哪裡、該擺出什麼表情。如果是人數多的樂團，感覺就更尷尬了。

那些宣稱興趣是聽音樂的人都是怎麼聽的？是閉上眼睛默默地聽，或是望著半空中搖頭扭腰？我活到三十出頭，才首度發現自己是如此無知。

我只留下間接照明的燈，把沙發的扶手當枕頭躺下來。我試著隨口哼旋律，宛若在天花板的空白部分試寫文字。聲音比平常說話時細微而沙啞，不過感覺不壞。

我感到有趣，繼續哼唱。

看看時鐘，現在的時間是幾個星期前總算開始吃晚餐的時間。

夜晚還很長。

懷孕第八週

這一星期左右，我在晚餐後洗澡前會拉筋。不久前有個其他部門的女員工突然來到我的辦公桌前，拿了據說適合懷孕初期的拉筋法給我，對我說「請多多保重身體」。這套拉筋法似乎是從有些舊的雜誌影印的，示範的女模特兒細細的眉毛和荷葉邊裝飾的服裝顯得過時，而且不知道為什麼，只有負責解說的醫生照片畫質格外粗糙；不過我因為很閒，沒想太多就開始嘗試，結果意外發現對肩膀酸痛很有效，於是就持續當作習慣。

除了拉筋法之外，那位女員工也給了我茶。她說那是認識的體操老師在泡的葉酸花草茶，顏色是異常鮮豔的黃綠色，氣味有點類似硫磺，不過試喝之後沒想到也滿好喝的。我今天用冷泡方式來喝。花草茶流入沒有任何東西的空白的肚子裡。

除了那位女員工和部門同事，以及跟我面談的人事課之外，沒有人當面對我提起懷孕的話題。在月底的生產管理課會議上，課長報告了我懷孕的事，告訴大家我從明年春天會開始請產假，因此在新的一年開始之後就要陸續交接工作。

在那之後，同部門的男員工就會常常關照我，每當我停下腳步或從座位起身，就會問我「不要緊嗎」。不過除此之外，他們不會對我說其他的話。沒有說「恭喜」，也沒有問「是男生還是女生」。理由大概是因為我未婚吧。

但是（或者應該說正因如此）在這家小小的紙筒製造公司，似乎有很多人跟那位女員工一樣，已經知道我懷孕的事了。當我和幾個人共乘電梯，或是使用共用的影印機時，三不五時會感覺到別人在看我的肚子。上次當我走進休息室要買飲料時，室內頓時安靜下來，某個話題瞬間消失，剩下的是眾人尷尬的表情。這時我會伸手輕輕撫摸空無一物的肚子。我的個性就是做任何事都從外在形式開始。

公司裡唯一積極對我說話的是東中野。在開完生產管理課會議之後，我正要回到座位，就被他叫住。

「名字已經決定好了嗎？」

我回答他現在連性別都還不知道，他便說「這樣啊」，並掐指算了算，不知為何露出滿意的表情點了幾次頭就離開了。他每點一次頭，就會有白白的東西從頭上飄落，大概是頭皮屑吧。

從這天起，東中野每天都會問我好幾次身體狀況。他坐在我旁邊，每次當我披上外套就會問我「會冷嗎」，只要我一咳嗽就會勸我應該去醫院好好檢查。他被課長糾正文件上的錯誤之後，有好一陣子專注地在鍵盤上打字，因此我以為他忙著在修正，結果他卻小聲呼喚我「柴田」，並且遞給我一張紙。上面的標題是「懷孕期間應該多吃的食材和應該避免的食材清單」，在「鹿尾菜」的欄位用大字寫著「可以吃，但一星期最多兩次」。

東中野身上總是散發著膠水的氣味。那是以前使用的液體膠的氣味，雖然不算臭，但也不是特別好聞，就只是膠水的氣味。不過我換到他隔壁的座位一年左右，從來沒有看過他在使用膠水。

懷孕第十週

我在週末出門跟朋友聚會。她們是我剛畢業時進入的公司的兩名同期同事。我們到日比谷附近的住商兩用大樓地下的居酒屋喝酒。

隔著薄薄的隔板，跟我們父親年齡相仿的男人邊抽菸邊大聲聊天，感覺好像被迫一起聽他們學生時代的回憶、泡沫經濟時期的應酬情景、某人開始經營停車場等話題。我們的談話內容則圍繞在不知算是健康還是美容的話題。桃井說她最近在生理期之後身體狀況反而比較差，因此開始吃中藥。

「我也是，上次我跟我先生出門——」

雪野的「我也是」通常和先前的談話內容無關。我咬了切塊章魚，中心格外冰冷，或許是冷凍章魚。

「他說因為工作的關係拿到藝術水族館的門票，邀我一起去。那裡很漂亮，不過在我們前面有一對像是大學生的情侶，那個男生對女生說，即使妳跟全世界為敵，我也會站在妳這邊。我聽了都快受不了了，真不敢相信。」

「沒想到真的會有說這種話的人。」

桃井邊看著飲料菜單邊搭話。或許是因為店內燈光昏暗很難閱讀，她的臉距離菜單很近。一撮看起來很硬的頭髮從耳後掉出來。我想到她從生下第一胎之後就一直留短髮。

「的確，不過我要說的不是這個。」

「那妳想說什麼？」

「我想說，別讓你的女朋友跟世界為敵呀！要跟全世界為敵的情況很罕見吧？更不用說一點勝算都沒有。如果真的喜歡那個女生，就應該事先阻止她做那種有勇無謀的事才對。」

雪野說完喝了一口漂浮著冰淇淋的飲料。她點的是漂浮威士忌蘇打嗎？有那種飲料嗎？我原本想找找看，不過看到桃井仍舊皺著眉頭翻菜單就放棄了。

雪野總是在大家沒有注意到之前就有新發現。同期當中最早換工作、最早結婚的也是雪野。以前我們三個一起去溫泉的時候，雪野在卸妝之後眼睛仍舊很有神，我們問她理由，她就說她去紋了眼線。她警告我們「我先說好，超痛的」，然後描述她紋眼線的體驗，讓我和桃井聽了都覺得很痛。

「不過妳跟妳先生很要好嘛。你們結婚多久了？」

桃井似乎懶得繼續看菜單，說完之後就呼喚店員，又點了一杯啤酒。

「七、八年左右吧。我不知道我們算不算要好，不過因為只有兩個大人，所以應該算滿輕鬆的。」

「哦，妳先生是開公司的吧？我之前在網路還哪裡的新聞看過。」

「景氣好、或者應該說業績好的時候當然很好，不過他在家裡很麻煩。剛說到這裡，他又打電話來了。抱歉，我去外面接一下電話。他最近動不動就會打來。」

雪野拿著手機到外面，我和桃井也自然而然地拿出手機，桃井說了聲「糟糕」。她說她忘了明天約好要帶小孩跟小孩的朋友去野餐。

「哇，我完全沒想好便當要做什麼。都是冷食也不太好，回家前大概得先去一趟超市才行。」

「我好久沒聽到野餐這個詞了。妳也真辛苦。」

「明天是跟要好的小孩媽媽一起去，所以還算輕鬆。如果是準備幼稚園運動會要帶的便當，那就是地獄了。」

雪野打完電話回來，今天差不多就準備要散會了。桃井一口喝完剛端上來的啤酒，告訴店員要買單。走出居酒屋，路上到處都是正在挑選店家的人，或是大學社團的學生。雪野和桃井要走到JR有樂町站，而我要從日比谷站搭地下鐵回家。我們道別之後，我在驗票閘門前尋找月票時，才在包包裡發現原本要給她們的御盆節返鄉時買的伴手禮。星期六的九點多，地下鐵沒什麼人。

我下車之後，感覺剛剛沒有吃夠，但是肚子又沒有很餓，於是就進入還在營業的站前書店。在店門附近的雜誌區，有個跟我年齡相仿的女人，正在專注地閱讀某則文章。她讀的是《雞蛋俱樂部》（註1）之類的雜誌。她不時重新背好淺粉紅色的手提包，掛在背帶上的某樣東西也隨之搖擺。我忽然想到什麼，拿出手機搜尋之後就走出書店。

我在車站的辦公室很順利地拿到「孕婦鑰匙圈」。

「恭喜，這是您的鑰匙圈。」

註1　雞蛋俱樂部：たまごクラブ，創刊於一九九三年的雜誌，提供懷孕與生產主題的資訊。

「我可以再拿一個嗎？當作是……慶祝。」

我把其中一個鑰匙圈掛在最常用的上班用托特包，另一個掛在行李多時會背的日用背包上。上次我在包包上掛東西，是入學考時祖母特地去湯島天滿宮（註2）排隊買回來的平安符。

註2 湯島天滿宮：位於東京文京區的神社，供奉學問之神菅原道真，吸引考生前來祈求考運。

懷孕第十一週

第一個注意到鑰匙圈的還是東中野。我在星期一去上班時，他立刻停止抖腳，看著我說：

「這一來真的很有孕婦的樣子了。」

我含糊地點頭。

「雖然沒什麼理由，不過我覺得妳應該會生男孩子。」

我正要說「是嗎」，他的內線電話就響了。不知發生了什麼事，他頻頻大聲說「對不起，真的很抱歉」。東中野幾乎天天都在對某個人道歉。

掛上鑰匙圈之後，在電車上就開始有人讓座給我。我因為身體狀況很好，因此都會婉拒，不過對方站起來之後就會堅持地說「沒關係，妳坐吧」，因此我也接受對方好意。我有點想掀起上衣露出肚子，告訴對方「真的不要緊」，不過這樣應該會增添對方困擾，所以還是算了。

懷孕第十三週

有東西從我的下腹部滑下來。啊，來了。今天早上起床之後，我一直感到手腳冰冷。我原本猶豫要不要穿白色斜紋褲，不過最後還是選了黑色裙子。我不禁稱讚了一下早上的自己。接著我伸手去拿包包裡的隨身包，環顧四周之後放入口袋裡。照理來說，我的那個應該不會來才對。

我迅速地走在沒有人的走廊上，聽到女廁傳來幾個人的聲音，便在門口停下腳步。這個時間往往會有早上趕時間的人在這裡化妝。尤其是星期一，還有星期五。以前我不會在意，可是現在不一樣。這棟辦公大樓沒有裝「音姬」（註3），打開包裝的聲音會很明顯。我不希望引起臆測流言，說我流產或是異常出血。不過也許在懷孕時，也會因為分泌物而需要用到衛生棉？早知道就應該調查清楚。

就在我思索的時候，再度感覺到有東西從肚子深處滑落。那東西溫熱而黏滑。如果解剖活生生的鳥，也許會看到像這樣的內臟吧。我回想起上星期吃的雞內臟，走向電梯。

註3　音姬：為了掩飾如廁聲音，在洗手間播放流水等音效的電子裝置。

以目前正在流血的人來說，我想我表現得還滿冷靜的。一樓旅行社的洗手間除了員工之外，一般訪客也會使用，因此就算進入裡面也沒有人會懷疑，在這種情況是正確的選擇。

我聽著櫃檯傳來的夏威夷旅行廣告，走出隔間之後用溫水慢慢洗手。洗手臺可以切換冷水和溫水，還有除了盛夏以外馬桶便座都有保溫，算是這棟大樓沒有音姬的洗手間裡少數幾項優點。我洗完手，從隨身包拿出止痛藥服用。我在生理期第一天一定會服用，不過懷孕期間應該有些藥是不能服用的。如果在座位上隨意服用被東中野看到，那就不得了了。

羅馬、翡冷翠、威尼斯，三都旅遊八天行程，十九萬日圓起！詳情請恰櫃檯或參考店內的宣傳冊！

在身體感覺沉重疲憊的此刻，這是全世界最無關緊要的宣傳。我把員工證掛到脖子上，帶著縮緊到好像要把全身由裡往外翻過來的肚子，以及冰冷到疼痛地步的手腳，回到自己的座位上。

「柴田，不要緊嗎？妳看起來狀況很差。我有 Bufferin 跟洛索洛芬，妳需要嗎？啊，不過如果會造成影響也不能亂吃。」

東中野邊說邊翻抽屜。他的襯衫袖子上有一塊看起來像過胖土撥鼠的褐色汙漬。我壓扁鼓起來的隨身包，對他說：

「不用了，我不要緊。」

回到家，我的肚子依舊很痛。我在放洗澡水時把水溫設定得比平常高，在等熱水放好的這段時間，記錄上個月的帳簿。我有一陣子用手機應用程式記帳，不過因為要合計信用卡扣款等等很麻煩，最後還是用電腦的 Excel 製作每個月的工作表來記帳。

我計算之後，發現上個月的存款金額比目標少一點。上個月沒有去長期旅行，也沒有買衣服，懷孕之後中午還自己做便當……我檢視每一個項目，首先發現醫療費的項目比上個月高。

「啊，對了。」我想起之前收到一年份醫療保險費的扣款通知明信片。因為母親主張趁年輕加入保險會比較便宜，因此我就趕在三十歲生日前加入。幸虧到現在都沒有生什麼大病，雖然沒人稱讚，不過仍健康地過著每一天。

另一個上個月變多的支出項目是興趣娛樂費。這是我早就預期到的。我上個月去了戶外音樂節。我原本預定要和桃井一起去，不過到了前一天，她最小的孩子發燒，於是我只好自己前往。我們租的兩人份帳篷沒辦法取消，桃井雖然說她要付一半，不過聽到電話另一端傳來小孩子大哭的聲音，我也不好意思接受，就決定自己付錢。音樂節很棒。

到頭來，保險費除非解約或更改方案，否則沒辦法省下來，音樂節也不是一年會有好幾次的花費，所以這次我決定睜一隻眼閉一隻眼。不過年初就要更新公寓租約。雖然因為有儲蓄，不會立即陷入困境，但是在懷孕之後就少掉加班費，將來還有育嬰假，因此我必須思考存錢方式才行。

我斜眼看塞在書櫃邊緣的資料夾。那是幾個月前母親從老家寄一箱東西給我時，和米、蘋果，還有她最近迷上的百圓商店酪梨切片器裝在一起的資料夾，裡面是列印出來的東京中古大廈介紹和貸款方式等。我原本以為只是從網路上隨便找來的資料，正想要丟掉的時候，發現上面貼了有點大張的紙條，上面是在東京購買中古大廈小間一房一廳時，每個月支付的貸款金額試算，以及父親細長的魚般的字跡：「我們可以補助少許金額，妳考慮看看。」我把視線從資料夾移開。公寓前方的馬路上似乎有卡車經過，窗玻璃在震動。

我關閉電腦螢幕，開始做慣例的拉筋動作。這套拉筋中會有把手肘和膝蓋立在地面的動作，因此我不是在地板上做，而是在基里姆地毯上做。這塊紅磚色的地毯是我去土耳其旅行時買的。那趟旅行是在決定換到現在這家公司、要消耗掉上一家公司特休假的時候去的，所以是六年前。搬到這間公寓也差不多是在同一時期，也就是說六年以來，我幾乎每天都在這裡吃飯、化妝等等。有相當數量的白天和夜晚就這樣過去了，沒有留下特別的印記；不論是料理的蒸氣，或是心愛的睫毛膏，都無聲無息地不知消失到何方。

結束拉筋之後，我直接躺在地上。我感覺物體的輪廓彷彿突然變深了。住在老家時就在使用的單人沙發、吃飯用的矮桌、放在窗邊的花瓶和瓶中的波斯菊——每一樣東西的影子都變得格外濃密，其中結合了熟悉的物品具備的親切感，以及彷彿想要鑑定我的惡意。我用手指攪動基里姆地毯的花紋，然後再度打開電腦。

我申請開立基金帳戶，出現「投資目的」的問題。我檢視幾個選項，選了「小孩教育費」。這時通知洗澡水已經放好的電子旋律響起，曲名是〈山上的家〉（註4）。

註4　山上的家：〈峠のわが家〉，原曲為美國民謠〈Home on the Range〉。

懷孕第十四週

我一邊懊惱應該早十分鐘起床，一邊在玄關穿鞋。我穿的是Converse帆布鞋。我衷心覺得，運動鞋能夠成為普遍的時裝配件實在是太好了，要不然我大概撐不過十個月。

不過光是這樣還不夠。映在公寓入口玻璃門上的身影，只是個穿運動鞋的女人。肚子還沒有變大。

「柴田，妳還是去休息吧。」

我正在收拾為了開會移動的桌子，東中野便來到我身後對我說。

「現在還不要緊。」

「現在是第幾週？」

「大概三個月吧。啊，既然你站在那裡，就幫忙把桌子移過來吧。」

「這張嗎？」

「隔壁那張。」

「抱歉抱歉。」

原本一起在收拾的其他人似乎覺得接下來交給我們就好了，或是發覺到午休時間已經到了，紛紛回到自己的座位。我用東中野聽不見的聲音「嘖」了一聲。

會議室窗外的天空藍到令人暈眩，銀杏的行道樹開始形成金色的波浪。過了十二點，有很多人拿著錢包走在下面。公司前來了移動式的便當攤位，攤位前排了不少人。我想到在懷孕之後，我已經有一陣子沒有去那裡了。

「柴田。」

當我排好最後幾張椅子，東中野再度從我身後呼喚。

「那個……還是請妳保重身體。收桌子這種事，交給其他人做就可以了。雖然說這個時間大家馬上就不見了……不過妳現在應該是肚子逐漸要變大的時期。」

東中野笨拙地摸了好幾次自己的肚子，然後走出會議室。我看著映在窗玻璃上的平坦腹部，這次以不用在意其他人的音量「嘖」了一聲。

洗完澡之後，我上網查了懷孕的過程。搜尋結果有醫師解說的網站、孕婦部落格，另外也有類似母子手帳（註5）APP的東西。雖然以記錄孕婦身體狀況與飲食等為主，不過也有幾個APP的附帶內容會詳細解說懷孕過程及胎兒狀況。我試著下載其中一個APP。這似乎是尿布廠商營運的，雖然不斷出現廣告，還有抽籤送三十人一年份尿布的宣傳活動，感覺有點煩，不過好處是設計很單純，而且胎兒的插圖也很可愛。

APP中根據懷孕週數，分別說明孕婦和胎兒的身體變化。我算算自己的懷孕週數，目前是第十四週。根據這個APP，我似乎已經過了害喜很嚴重的時期，以及流產機率較高的時期。真是太好了。

我一併閱讀前後週的解說，得知肚子在懷孕第十二週開始會慢慢變大。當害喜告一段落，有很多人從這個時期開始，會因為無窮的食慾而導致體重增加。懷孕第十四週的胎兒，從頭頂到屁股的長度為九公分左右，體重是四十公克多一點。「本週的寶寶大小像李子。」APP上這麼寫。這個APP會用水果來呈現

註5　母子手帳：原本是由地方政府單位發給孕婦、記錄懷孕到產後及育兒期間母子健康狀態的手冊。

各週胎兒的大小。第十三週是「大顆的梅子」，第十五週是「葡萄柚」。

的確就如東中野所說的，肚子差不多應該稍微鼓起來了。我查了一下，在電視劇或舞臺上飾演孕婦的時候，似乎會使用以和服內衣加工製作的專用小道具，不過市面上好像沒有在販售。我特地檢視過 Mercari（註6）和亞馬遜網站，可是都沒有賣。即使有，大概也是接近預產期時那麼大的肚子，所以暫時沒辦法使用。

我放棄購買，拿毛巾和襪子等站在穿衣鏡前，試著把它們一一塞到肚子裡。不過要把肚子塞大頗為困難，不能太誇張，必須弄成差不多的大小才行。我首先發現毛巾不適合，折起來太薄，揉成一團又太大，而且在衣服裡很快就會掉下去，所以形狀也不好看。襪子也同樣太薄而無法使用。

比預期效果還好的是絲襪，不說別的，絲襪很容易做出蓬鬆的形狀。不過絲襪的體積不夠，要做出更大的肚子，最好還是使用冬天用、而且要八十丹尼以上

註6 Mercari：日本二手商品拍賣網站。

的厚磅絲襪才行，但是要找這麼厚的襪子，就得從夾層把冬衣的箱子拉出來。看看時間，不知不覺已經過了午夜。我突然感到麻煩，於是決定先上床睡覺，等明天早上換衣服的時候再找別的東西試試看。結果第二天的嘗試也不順利，最後什麼都沒塞就去上班了。

我在快被擠扁的電車車廂內想到，有些國高中生不敢告訴爸媽或老師懷孕的事，最後在學校廁所內生產，所以或許並不需要太努力地去把肚子弄大。此刻在這輛電車上，應該也有幾個還沒發覺到自己懷孕的女人吧。

不過我也想到，東中野比國高中生的雙親還要閒，對於公司隔壁座位的人懷孕這件事在意得不得了。如果東中野能夠早日結婚、生下自己的孩子，我或許就不會受到這麼大的關注，不過目前似乎沒有這樣的跡象。要是我的肚子遲遲沒有變大，等到預產日接近，或許會被強制帶到婦產科。

到了午餐時間，東中野拿出色彩繽紛的大方巾布包放到桌上，取出像兒童用的塑膠便當盒。便當盒裡通常都裝同樣的內容，包括用潮溼的海苔捲起來的飯團、應該是冷凍食品的春捲或炸雞，還有看了好幾次都不知道是什麼的綠色泥狀的配菜。我不知道那是不是他自己做的，不過看到形狀扭曲的飯團隨著咀嚼聲消失，我就對看不見的某樣東西感到生氣。

這天傍晚，當我結束外出行程回到公司，看到辦公桌上放了很大的紙箱。宅急便的託運單上寫的委託人，是經營水果批發與點心製造的往來企業名稱，貨物內容寫的是「生菓子（註7）」。打開來看，箱子裡是一個個光澤亮麗的桃色、橘色、草綠色果凍，裡面漂浮著桃子、八朔（註8）等的大顆果肉，看起來好像在睡午覺般。紙箱附了「請分享給大家」的信。

像這樣的慰勞品不時會寄來。每次寄來，就會自然而然地放到我的桌上。有幾名男性員工瞥了我一眼，似乎是在等待什麼。不，他們絕對是在等待。他們在等我把果凍和湯匙拿到每一個人的桌前，說「辛苦了，這是客戶寄來的果凍」。我看了一下時鐘，把打開的紙箱恢復原狀搬到茶水間。

註7　生菓子：水分較高的日式傳統點心，稱為生菓子。
註8　八朔：日本原產的柑橘類水果，有獨特的酸味與苦味。

來到茶水間，首先要移開占據水槽與瀝水籃之間小小的作業空間的抹布。這條抹布不知道是誰放的，總是占據這塊寶貴的空間，而且還很臭。今天聞起來像是擦過牛奶的味道。我用指甲前端白色的部分夾起抹布丟開，總算能夠放下紙箱，並開始把它拆開。被黏膠牢牢封住的四個角超乎預期地堅硬。我原本想要強硬剝除，但指甲卻猛然往後凹，於是我拿出放在口袋裡的美工刀。美工刀是文明的利器。我在割開紙箱的同時，也在心中把每一個部門同事切成一塊一塊。

接著我剝下箱子外層的包裝紙。這家公司的包裝紙是可愛的水果花紋，因此我每次都會猶豫要不要丟掉，不過即使留下來也沒有用處，所以我今天也打算把包裝紙拿到廢紙回收處，這時我才發現廢紙回收處已經滿了。不，不只是滿了，而且還溢出來，崩塌到旁邊的不可燃垃圾放置處，順便還把乾電池回收盒弄倒了。我確認沒人在看，想要把包裝紙塞到廢紙回收處的縫隙，但是在碰到的瞬間，崩塌就變成嚴重的土石流災害，狹窄的茶水間地板瞬間被宣傳單和影印紙淹沒。

我很想哭，但是想到要為分發果凍而哭感覺也很氣人，於是我便撿起散落一地的廢紙。我收拾到一半，隔壁部門的部長來丟新的回收紙。他一邊說「柴田，妳真了不起，收拾得整整齊齊」，一邊把廢紙遞給我，讓我很想把流出液體的電池丟過去，不過這麼做也不能把茶水間收拾乾淨，因此便作罷了。

過了二十分鐘左右，我總算整理完畢，用尼龍繩把廢紙紮實地綁在一起之後，又發現另一個問題：果凍如果要發給部門裡所有人，還少了三個。我在腦中首先刪掉自己，然後又刪掉東中野，接著思索有沒有人此刻正在外出。我邊想邊開始感到疑惑：為什麼我首先要把自己排除在外？

這時我忽然摸到柔軟的東西。這是裝在放果凍的紙箱裡代替緩衝材的東西，材質介於紙和布之間，摸起來異常溫暖。我試著用左手握住，它便無聲地納入我的手掌中，當我鬆開手指的力量，它又緩慢地張開。或許是為了配合果凍顏色，緩衝材採用桃色、橘色與草綠色三種淡淡的色彩，仔細看還摻有細緻的亮粉，在昏暗的日光燈下微微反光。我用雙手捧起它湊近自己，它就像重新得到生命般，緩緩從內側鼓起來。我悄悄把它捲起來包在手帕裡，然後前往洗手間。

我回到辦公桌時，右手拿著草綠色的果凍，左手拿著湯匙。剩下的果凍被我放入茶水間的冰箱裡，貼上「先到先拿，任何部門的同仁都歡迎取用」的紙條。我一口氣撕下果凍的包裝膜，將湯匙插入鏡子般的表面，舀起一顆麝香葡萄。當我把鮮嫩的果實放入嘴裡，有幾個正在看我的人便起身走向茶水間。

在我的襯衫中，三色燦爛的孩子在腹部笑著。

懷孕第十五週

「又是星期一」、「天氣好冷」——這種不用說大家也知道的事情，我從以前就不擅長應對。我只能想到可有可無的回應，像是「真討厭」，或是「聽說今天的最高氣溫只有兩度」之類的。

「柴田，妳變胖了。」

約我去看電影的雪野一見到我就這麼說。我雖然內心湧起辯解的說詞，像是「害喜的階段終於結束了，這段時期大家都會變胖」，但這些說詞卻只是卡在喉嚨裡，最後我只能回答「是啊」就結束了。

自從看了那個APP之後，我就開始大吃。

我在之前申報懷孕之後不用再加班，因為能夠規律地做三餐，因此吃的量整體來說原本就增加了；不過當我看到母子手帳APP上面「安定期」與「害喜告一段落」這些文字的瞬間，內心就產生某種變化。我感到神清氣爽，像是被雷打到一般一直吃。

除了以三菜一湯為基礎的早中晚餐之外，我等不及公司午休時間來臨，十點半左右就到便利商店買甜甜圈，下午也邊啃仙貝邊工作。東中野擔心食品添加物，給我堅果和小魚乾之類的點心，不過這些在我開始 Excel 作業、想要轉換心情時就一下子吃光了。負責零食廠商包裝材料業務的人送我大量小熊餅乾，可是我也轉眼間就吃完。當我發現自己對小時候那麼期待的可愛無尾熊看也不看一眼，只把它們當成滿足空腹的食糧，才總算察覺到自己的變化。太可怕了。

這天晚上，我洗完澡照鏡子，看到鏡中有個洋梨體型的女人。臉部沒有太大的變化，但是下半身明顯不一樣了。我匆匆擦乾身體，試著穿上褲子和裙子，但每一條都稍微有些不合身，屁股到大腿的線條鼓出來，背影看起來也很悲慘。

我連忙拉出連身裙試穿。這是我唯一的一件連身裙，是我和結婚前的桃井一起去峇里島的時候，在當地買的夏季無袖洋裝，色彩鮮豔的花紋與及踝的長度明顯屬於度假風格，但穿上之後身體看起來就像樣多了。只不過屁股仍舊很緊很明顯，因此我打算讓肚子也鼓起來，就把薄披肩塞進去。鏡子裡的人完全就是孕婦的模樣。

我一邊弄乾頭髮，一邊上網找上班也能穿的連身裙下單。在新衣寄來之前的幾天內，當其他人正在準備冬季的大衣和毛衣時，我卻在上班用的外套底下穿著夏季連身裙度過。我穿著印著濃豔的粉紅色南國花朵的連身裙，獨自陶醉在無人的季節與地點。

我開始在日常生活中穿著連身裙之後，變得更像一名孕婦了。當我捧著紙筒材料樣本走在辦公室時，就會有其他部門的人幫我拿；當我在等候大樓電梯時，會有人禮讓我說「妳先請」。在電車上有陌生的老婆婆對我宣告「妳下星期就要生了」。我對她說明「不是，預產期在明年五月」，老婆婆卻很肯定地說「不對，我看得見，妳會生下健康的男孩」，然後下了電車。

星期五晚上，我跟平常一樣繞道超市再回家做晚餐。晚餐內容有醬煮鰈魚、豆苗菜與炸豆皮的涼拌、蓮藕與青蔥的味噌湯，以及拌飯。晚餐後我又開始做拉筋體操。公司裡上次那位女同仁又影印另外一套拉筋方式給我，告訴我這套拉筋更適合懷孕初期結束到中期的階段。負責解說的醫生照片畫質仍舊很粗糙，模特兒吊橋般的眉毛感覺也有些年代，不過這套拉筋對腰部很有效果。

「從仰臥姿勢抬起腰部，讓肩膀、腰部、膝蓋呈一直線，數到十。」

我從冰冷的地板抬起腰，忽然想起給我這份影印的同事說的話。

「也許妳還沒有實際感覺，不過光是想到有個生命在成長，就會感到很高興吧？」她的表情顯得很自豪。

一、二、三、四……

當我數到十，便前往廚房。我拿出剛剛在晚餐吃的豆苗菜剩下的根部，放回買來時的塑膠容器裡，並倒入水。我把加入太多的水倒掉一些，然後把容器放在日照良好的地方，再度回去拉筋。

被剪得參差不齊的豆苗，讓我想起老家那隻被母親隨意剃毛的家犬背部。那是她認識的人送的，原本號稱是貴賓狗，可是立刻就變得很巨大，還破壞院子裡的狗屋，讓母親不時發出苦笑。

懷孕第十六週

去過現場演唱會之後的第二天，上班感覺格外辛苦。尤其昨天是在郊外的會場舉行，演唱會結束後往車站的巴士擠滿了去聽演唱會的觀眾，以至於我很晚才回到家；不過更重要的是，眼睛、耳朵及心中仍舊充滿熱度。閉上眼睛，黑暗中就會有淺綠色的光痕在蠕動，片斷的聲音也會動起來，在我想要集中精神工作的瞬間，把我帶回那個空間。張開嘴巴，從自己的喉嚨好像也能夠湧出魔法般的樂句。在網路上買的灰色背心裙變化為銀色的舞臺服裝，在聚光燈底下綻放光芒。然而唐突地放在我桌上的大量紙筒樣本妨礙了我的想像。過強的暖氣與咖啡的氣味，將我拉回老舊的辦公大樓四樓。

我一邊回答業務人員的問題，一邊觀看手中的紙筒樣本。這是預定交貨給室內裝潢廠商的壁紙用捲筒，對我們公司來說是很難得的新客戶案件。

我原本就對紙筒一點興趣都沒有。我在剛畢業時進入的公司是人力派遣公司，處在想工作或想辭職的人，以及想要人才但不想支付穩定薪資的公司之間。除了處在其間，我也不知道自己在幹什麼，只是拿著業務課的名片，打電話或接電話或被叫出去，另外還要製作一份又一份的文件。我詢問客戶公司對上次的派遣員工有哪裡不滿，問派遣員工對前一家公司有什麼不滿，然後持續製作只有姓名與公司名稱不一樣的文件。

在進入公司即將邁入第三年時，雪野在同期員工當中第一個辭職，然後不久之後桃井也找我討論換工作的事。「如果妳會煩惱，還是辭職吧。反正外面還有很多好公司。」我雖然這麼說，但自己卻遲遲無法行動。

過了二十五歲，我開始被稱為主任。看看周圍，同期已經剩下一半左右，學長姊也都走光了。年齡差距沒有多少的下屬還算仰慕我，在一起聊天也很愉快，不過升上主任之後就沒有加班費。負責處理的客戶數量沒有減少多少，要參加的會議與必須提交的報告卻增加了，手機直到深夜都會接到上司和客戶的電話。假日沒了，用餐時間沒了，月經也停了。

有一天，客戶公司聯絡我，說我們派遣過去的員工身上很臭，令他們很困擾，希望我們提醒一下。這名員工是超過四十五歲、身材過瘦的男人，見面時的確發現他身上會有臭味。那是和汗臭味不一樣的氣味。我請他要按時洗澡。

過了一陣子，客戶公司的人再度聯絡，說那個人還是會臭，要我們盡快處理。我再次找那名男性員工面談，他便抓住我的手臂說：「那要不要現在就去飯店？妳要幫我洗身體嗎？少在那邊自以為了不起。」雖然應該只有短暫的瞬間，但是嵌入手臂的粗圓指尖上黑色的汙垢，卻一直印在我的視野中。過了幾十分鐘，客戶公司的人傳LINE過來，寫著「對了，柴田小姐，乾脆妳跟他一起洗澡好了。我也可以一起加入喔（^^）」。這個聯絡人是一名中年男子，從以前就常常想要在傍晚或晚上安排目的不明的會面。我沒有回覆，直接拿出手機打開轉職網站註冊。

在和轉職仲介面談時，我提到下一個工作想要找氣氛穩重的職場，並且想從事業務以外的職務，對方便推薦現在的公司給我。我一開始不知道有專門製造紙筒的廠商存在，也無法想像紙筒的生產管理工作是什麼樣子。面試前瀏覽的網站規格明顯很老舊，不時出現亂碼。在「業界第一！無縫紙筒誕生的過程」網頁上，說明了製作無高低落差的紙筒有多困難，並介紹製造成功的歷程，但我不是很了解其中的意思。

不過即使不了解，仔細想想沒有高低落差一定比有高低落差來得好，而且思考這個問題感覺也比思考派遣員工身體臭不臭有意義。去面試時，現在的部長和課長也在場，對我說「我們很榮幸能夠請到大學畢業的女性來工作。以前有兩位女員工，不過都是兼職，而且已經辭職了」。就這樣，我很順利地被錄取。

正式進入公司後，我重新接受關於工作的說明。我的工作內容是確認業務接到的案件，製作給工廠的規格指示書，擬定生產線的計畫。最初的一個月，我以為這裡是天堂：沒有不合理的業績目標，也沒有半夜打電話來的客戶。只有內勤工作的日子可以穿運動鞋、背背包上班。之前穿著高跟鞋走動導致腳上長的包都消失了。平日也能去喜歡的藝人的演唱會。

就如仲介介紹時所說的，員工的平均在職年數都很長，有許多員工比我年長許多，在公司內幾乎沒有人會大聲說話。這裡就像小時候全家旅行去的溼地，溫和而靜謐，時間悠閒緩慢地流動。

然而進入公司過了一個半月左右，當我搭乘電燈快熄滅的電梯時，忽然想到一件事：這間公司的人臉色都很差。當我剛進入公司、在每個月一日的全公司朝會中自我介紹時，就發現到這一點。員工的臉色整體來看都很暗沉，與其說是晒黑，不如說是看起來內臟不太健康。話說回來，和之前位在二十二樓的公司比起來，這裡的日照比較差，建築本身也比較舊，所以或許只是這些因素導致大家的臉色看起來比較差——我如此說服自己

不過一旦開始在意，就會一直看到這一點。過了一陣子，我總算了解原因。大家在公司的時間都很長。一天會有好幾次，以會議的名義姑且召集許多人到會議室裡，聽上級演講或發表剛好想到的點子或發牢騷。此外，為了通過一項預算，首先要製作課長用的資料，通過之後再重寫為部長用的資料，最後要把社長用的厚重資料彩色影印，不知為何還要發給部門內所有人。沒有人有時間或精力去思考行動的意義，也沒有人提出質疑。大家只是默默地照做，然後在為此感到疲勞時，就把香菸放入胸前口袋下樓。

而我還有別的工作要做。那些是沒有名字、甚至沒有人直接要求我做的工作。

一開始我以為這些是正式工作開始之前，或是在比我資淺的人進來之前的暫時性工作——接電話、影印資料、去採買、把送到部門的郵件分發給各負責人的

辦公桌、補充影印機的紙張與墨水、每天重寫白板上的日期、撿起掉在地上的垃圾、修理卡紙之後沒人處理的碎紙機、處理掉冰箱裡腐壞的食物、用酒精擦拭疑似在微波爐裡加熱過久爆開的便利商店親子蓋飯殘骸。沒有人特別告訴我說這些是我的工作，但是如果不去做而放著不管，就會有人對我說「喂」。「喂，微波爐。」我不是微波爐。

這些工作之一，就是「端咖啡」。每當有訪客來臨，我就得泡咖啡端過去。公司裡用的是沖泡咖啡，所以任何人都會泡，我也常看到有人用自己的馬克杯泡咖啡來喝；但很奇怪的是，僅限於訪客來臨時，大家似乎忘了泡咖啡有多麼簡單，而會以有些不滿的眼神看著我。如果我繼續做自己的工作，就會有人說「喂，咖啡」。我也不是咖啡。

另一方面，也有人非常周到地思考咖啡的問題。有男性員工得知自己的訪客來臨時我剛好外出不在，便彼此討論：「下午開會的咖啡怎麼辦？」「沒關係，我已經拜託其他部門的女生幫忙了。」「真有你的。」看來在這個部門，似乎流傳著為他人端咖啡會造成重大損失的謠言。

唯一不介意這個謠言的，就是東中野。在我休假的日子，課長為了預定要來的訪客而煩惱，據說東中野就自告奮勇要端咖啡。然而結果他把咖啡潑到盤子裡，導致咖啡沿著杯子底部滴到客戶的襯衫上。在那之後，東中野就被禁止端咖啡。不過即使如此，我還是感到羨慕。對於我泡咖啡的事，甚至沒有人會提到。

當我開始熟悉工作、負責的業務也增加之後，這些沒有名字的工作仍舊沒有減少。這段期間有幾個大學剛畢業的男性員工進入公司，使得工作分配有所變化，但沒有名字的工作卻依然沒有改變。不知不覺中，我的回家時間就越來越晚，工作後每天去的站前超市生魚片變得像化石般乾硬，就連結帳後裝袋區提供的溼毛巾也變乾了。加班時，課長看到我貼在桌上的藝人海報，對我說「真是有趣的藝人」，不過當我問他哪裡有趣，就只能得到「看起來感覺滿有趣的」這種含混不清的回答。另一方面，課長和其他人很喜歡問我關於我的戀愛及結婚的話題。原本以為的溼地其實是沼澤地。雖然沒有很深，但全年都冒出有異味的氣體。

就在沼澤的發泡氣體危害開始變得嚴重時，我被派去參觀工廠，做為轉職員工研修活動的一環。這項活動的目的是要去看生產現場。在負責生產管理的部門，應該早就要去看過了，不過之前沒人有時間帶新人去那裡進行導覽，因此我一直沒有去過。

工廠位在距離公司搭電車一小時左右的郊外。當天我就跟今天一樣，前一天星期天和朋友一起去聽演唱會，因此有些睡眠不足。我的手腳格外冰冷，但眼睛和喉嚨卻很熱。一開始被帶去的是搬運口，在這裡看到的材料原紙就像笨重的布偶裝般，除了龐大之外一無是處，吸菸室的牆壁則呈現醃蘿蔔色。接著播放的工廠說明影片中，機械的聲音很大，幾乎聽不見解說的聲音。當我們總算通過製造區沉重的塑膠簾幕，就看到裁切紙張揚起的粉末在強烈的夕陽光線中飛舞。雖然說是參觀，但也只是聽人依序介紹操作中的機械，最後勉強看到把紙捲在芯上變成筒狀的地方，不過有幾個人因為在昏暗的製造場到處走動而感到疲勞，毫不遮掩地打呵欠。

工程即將結束，被裁切成細長條的原紙被捲到鐵芯上之後被切斷。就只有這樣。沒有最新技術，也沒有令人目瞪口呆的精密動作。完成品也是保鮮膜或牛皮紙膠帶芯，或是工業用膠膜芯等不會被人看到的業務用材料。然而這樣的景象不知為何有點像咒語。

幾條像緞帶般細長的紙通過裝置持續前進，目標是拆下之後只剩下空洞的鐵芯。

像這樣不斷被輸送、捲起，到底有什麼意義——當我茫然地想著這樣的問題，機器已經停下來，不久之後引擎聲也消失了，只剩下被裁斷的白色紙管，以及稍微變熱的機器。這是平常就常在圖片中看到的景象。

參觀活動結束，接下來只需在兩天內寫出感想提交給人事課。雖然還不到下班時間，不過帶隊的人說今天不用再回公司，可以直接下班。

一起參觀的成員提議要直接去喝酒，不過我拒絕了，獨自回家。傍晚從郊外往都心方面的電車很空。

我靠在起毛的紅色座椅，想起紙筒被捲起來的景象。那是不斷前進的緞帶的咒語。

我記下在正式生產前希望能夠再次向客戶確認的要點，交給業務。今年畢業剛進入公司的業務虛弱地說「謝謝」，開始將大量樣本放入紙袋。這時隔壁座位傳來聲音。

「喂，這裡是生產管理部。」

東中野雖然被禁止端咖啡，不過接電話似乎仍被當成他的重要工作。

懷孕第十七週

我的體重終於比決定懷孕之前增加四公斤，因此我打算從今天下班開始，提前一站、可以的話提前兩站下車健走。今天是第一天，因此我特別起勁地提前兩站下車走路。

走出車站，影子已經開始融入周遭的一切。空氣被濃縮成深藍色，只有藥局前方種植的白色的花依稀可見。我稍稍重新捲起披肩。這條披肩是去年特價的時候買的。

我雖然搭乘這條路線好幾年了，不過卻是第一次在這一站下車。這裡雖然不是很大的車站，附近也沒有高樓大廈，不過或許是有學校或公司，車站周圍的人潮絡繹不絕。大多數人都朝著跟我往反方向走，包括成群穿制服的國高中生、有說有笑的大學生、穿著皮鞋與高跟鞋的上班族。太陽西沉之後，隔著一段距離時，所有路人看起來都像同樣的黑色塊狀，只有在路燈下擦肩而過時能夠看清樣貌。如此黑暗又寒冷，光是走在外面，每個人看起來都像「專家」——能夠不迷路、不因為指尖凍僵而哭出來、默默回到自己家裡的專家。一群女生或許是剛結束社團活動，穿著同樣的運動服，吃著烤番薯。烤番薯看起來美味而溫暖，讓我感到羨慕。

我繼續向前走，道路進入住宅區，周遭幾乎都是小型獨棟房屋或公寓。除了住家之外，則是已經拉下鐵捲門的酒類專賣店、香菸店，以及停車場，路上的人也變少了。偶爾看到前方有走在同一方向的人，也很快就消失在轉角；來自後方微弱的腳步聲，也轉變為走上公寓金屬階梯的尖銳腳步聲。不論在任何時候，周遭的人往往都立刻消失，不需要特地開口絕交，也會更安靜地離開。因為太安靜了，就連彼此已經不在都沒有發覺。

我停下腳步用手機確認路徑，眼前公寓的窗戶裡突然亮起燈，但又立刻變暗。橘色格子狀的窗簾被拉上，室內亮著朦朧的燈光。從窗戶傳來男人與女人的說話聲，以及塑膠袋摩擦般的聲音。

已經看不到行人身影的路上，飄來乾燥香菇高湯的氣味。我小時候很討厭這個氣味。

我在住宅區內繼續走了一陣子，終於來到熟悉的街道。這時我看到在兩、三個街區前方，浮現一個紅色的東西。即使在完全日落之後，那個紅色物體仍舊很醒目，緩緩前進之後又停下來，接著又開始慢吞吞地前進。在蒼白的路燈和從住家透出來的微弱燈光下，那東西以緩慢迷路的步調前進。

我考慮要不要改走別條路。上星期這一帶發生了街頭搶劫案。犯人似乎還沒有被抓到，剛剛經過的電線杆上也貼了徵求目擊消息的傳單。

獨居的人遇到搶劫的時候，一開始大概也跟與家人同住的人一樣，會先去報警，不過接下來該怎麼辦？譬如我現在的包包要是被偷走，家裡的鑰匙就沒了，可是即使按電鈴也沒有人會來替我開門，這一來就得聯絡管理公司；但是沒有手機就不知道聯絡方式，即使知道聯絡方式要打公共電話，我身上也沒有錢。警察會連這些手續都幫忙處理嗎？還有，在這個時段，大概必須等到明天才能拿到備用鑰匙，這一來今天想必就得住在飯店，不過大概也得自己出錢吧？唉，平常辛辛苦苦節省，竟然得在這種地方花錢！我為還沒發生的支出憤憤不平時，才發現紅色塊狀物就在前方。

那是一個人，而且是年輕女性。她靠在電線杆上低著頭，朝著下方的側臉顯得很美。不過即使到了晚上氣溫變低，她身上鮮紅色的羽絨衣拉鍊仍舊是全開的，突出的大肚子隨著劇烈的喘息起伏。

「不要緊嗎？」

我不禁開口詢問。當我跑過去，那個人也剛好抬起頭改變身體方向。我的右手擦過她的肚子。圓圓的肚子被毛衣包覆。那個人像是要保護般用雙手抱住肚子，有好一陣子縮著身體，長髮和紅色羽絨衣微微顫抖。我再度開口，這次用更緩慢的速度說話。

「呃，對不起。我以為妳身體不舒服，很抱歉，那個……妳要喝水嗎？雖然已經喝過了。」

那個人抬起頭。她的臉型寬度很窄，大大的黑眼珠膽怯地看著我的臉片刻，接著視線突然落在我掛在包包上的「肚子裡有小寶寶」的鑰匙圈。她繃緊的肩膀總算放輕鬆了。

「不要緊。」

她的聲音就像在沒有人的小房間裡彈奏的木琴聲。

「真的不要緊，很抱歉。」

那個人急忙站起來，拍拍羽絨衣的衣襬。她站起來時，身材意外地高。我想問她真的不要緊嗎，不過她剛剛才說真的不要緊，所以還是算了。

我們彼此稍微點頭致意，然後她就走向我先前走過的方向。我走向反方向。繞過轉角時，我以不至於不自然的程度回頭，那個人也剛好繞過轉角，紅色羽絨衣的衣襬消失在水泥牆的另一邊。

我拿出手機檢視地圖，發現家已經很近了。

我走下斜坡，試著想起剛剛那個人。我明明看得很清楚，可是卻已經只能想起她的臉寬度很窄。不過肚子是另一回事。在我右手前方的肚子鼓得很大，充分展現出有某樣重要的東西、無比真實的東西在那裡的氛圍。

懷孕第十八週

健走的習慣超乎預期地持續下去，這星期我決定週末也出去走路。昨天星期六下雨，因此休息一天，不過今天天氣很好，又沒有特別安排的活動，因此我在比平常下班還要早的時間就開始健走。下午四點前的街道，彷彿被即將西沉的太陽光線輕輕穿透，一切都顯得很清澈。不知是否因為氣候暖化影響、到了十二月仍舊自暴自棄地披著紅葉的行道樹，也總算開始落葉，換上冬天的面貌。

我想到乾脆趁這個機會，在天還沒暗的時段探索平常在走的道路，於是反方向去走平日的路線。我爬上神社附近的斜坡，在橘子般的太陽下，又看到那件紅色羽絨衣。她靠在停車場的標示牌站著，狀況看起來比上次好多了，偶爾抬起頭，又摸著肚子看手機。

我想要為上次嚇到她而道歉，正猶豫著該不該去搭訕，從標示牌後方出現一名身材高大的男子。這幅景象就好像偶像劇的加速播放。男人伸手扶紅色羽絨衣的腰部，說了些話，木琴般的笑聲就叮叮咚咚響。兩人走向斜坡上方。

在兩人的身影消失在斜坡盡頭之前，我便右轉走下剛爬上來的斜坡，回到公寓。我想到這個週末，我還沒有跟任何人說過話。

懷孕第十九週

尾牙沒有開始也沒有結束，在昏昏欲睡的橘色燈光下，往水平方向稀薄地拉長。毛豆、炸雞、煎蛋、蝦仙貝，每一盤都沒有人去吃最後一口，剩下一點點無精打彩的料理。圍繞著這些料理的，是對工廠和客戶的牢騷、學生時代參加酒席的話題、最近開始的健康法，另外就是不斷持續的食物話題等。這些話題出現之後又彼此糾纏，最後緩緩沉澱在酒精和香菸的氣味中。

我稍微抓了抓肚子。我今天在肚子的部分塞了圍巾。先前宛若剛進入穩定期的食欲稍微穩定下來，或許是因為健走的功效，體重也逐漸恢復原狀，不過我心想最好還是要強調肚子，因此還是每天持續塞東西。我參考母子手帳ＡＰＰ的當週胎兒大小，每個星期逐漸增加填塞物的分量。本週的胎兒大小據說像芒果。我今天塞了羊毛的舊圍巾，不過在暖氣很強的居酒屋算是失策。我的肚子周圍不斷冒汗，而且很癢。

「柴田，妳應該是……吧？」

「什麼？」

我轉向田中反問。隔著餐桌也能看到他的賽璐珞眼鏡鏡片上沾了指紋及髒汗，變得白白的。

隔壁桌和隔壁的隔壁桌也是本部門的尾牙座位，非常吵鬧。聽說因為現在是尾牙季節，訂不到大餐桌和包廂，因此訂了幾張四人用及六人用餐桌分開坐。部長坐在斜前方的餐桌最裡面的座位，每當他開些玩笑，就會響起誇張的笑聲和拍手聲。我聯想到打鈸的猴子玩具。

「柴田，妳不是懷孕了嗎？」

「嗯，是啊。」

「是女的還是男的？告訴我吧。」

「還不知道。」

「我覺得應該是女的。雖然只是憑直覺。」

「女的」——即使是虛構的孩子，但聽到自己的孩子被稱為「女的」，感覺還是很不愉快。我差點對他說，東中野覺得應該是男生，不過還是沒說出來。東中野比公司裡的任何人都更早得到（甚至沒聽說今年在流行的）流行性感冒，因此沒有來參加尾牙。今天早上有人在電梯裡抱怨，怎麼會選在年底這麼忙的時期請假。

柴田感覺不像會生男的——田中這樣說了幾次，然後叫住看似外國人的女店員，煩惱許久之後點了生啤酒。同一桌的其他兩人似乎去上洗手間了。

大盤炒飯端上各桌。在同時端來的人數份的小盤子上，湯匙發出「鏗鏗」的聲音。田中盯著大盤子好一會兒，當我把炒飯盛在盤子裡遞給他，他便說了聲「**Thank you**」，然後大口開始吃。少許炒飯從小盤子的邊緣掉落。

「真是太意外了，柴田。」

「有什麼好意外？」

「我聽了消息嚇一大跳，超意外的。」

離開座位的兩人從洗手間出來，換了不認識的男人進入。我看到門的內側貼了和平號（註9）的海報。

「可以摸摸妳的肚子嗎？哈哈，不行吧。抱歉，我是開玩笑的。」

註9　和平號：Peace Boat，日本NGO組織，以國際交流為目的，並舉辦同名的船旅。

田中看到我反射性地抱住肚子，便自顧自地笑著道歉，然後用自己的湯匙從大盤子裡直接挖炒飯。油膩而發亮的黃色米粒大量撒落到桌面，也落在田中的衣服和左手的戒指上。深藍色的襯衫沾上油漬。

「不過啊，還是很難想像柴田竟然會生小孩。」

「你的意思是以為我不喜歡小孩嗎？」

「喜不喜歡小孩又是另一回事。」

田中邊喝啤酒邊抓肚子。米粒掉落到地板上。去上洗手間的兩人回到座位。

「柴田懷孕，你們也很驚訝吧？」

田中徵求兩人同意。兩人互看一眼，臉上露出似笑非笑的表情。其中一人是本部門最年輕的員工，另一人大概比我大兩三歲。年長的一人說「的確滿驚訝的」，年輕的一人也點頭，然後說「我真的很驚訝，不過恭喜，這是件喜事」，然後一口喝完杯中的威士忌調酒。水滴滴在被撒落的炒飯殘骸上，年長的員工便拿我的擦手巾擦拭桌面。我一言不發地喝烏龍茶。

田中默默地邊喝酒邊看兩人把炒飯扒進嘴裡，過了片刻又湊過來。他的眼鏡比我想像的還要髒。

「誰想得到柴田竟然會懷孕？都沒聽妳談過結婚或戀愛的話題，也完全沒有那種跡象，沒想到該做的事妳都有在做，真是太意外了。」

我的擦手巾被推到桌子邊緣掉下去，被經過的某人踩過去。我終於忍不住，顫抖著喉嚨說：

「你一直說意外意外是什麼意思？田中，你對我那麼了解嗎？順帶一提，我根本不想要了解你。你想看嗎？你想看我生小孩的過程嗎？這一來你就會相信你覺得意外的世界吧！還有我的孩子！」

然而我的吼聲似乎屬於在空氣中不太會震動的類型。田中若無其事地呼喚先前的女店員。在昏暗的燈光下，那名女店員褐色的肌膚和割烹著（註10）造型的白色制服形成鮮明對比，非常醒目。田中拿她名牌上的片假名（註11）名字在開玩笑，然後點了三杯威士忌調酒，另外又點了一杯大概以為我想喝的熱茶。端飲料

註10 割烹著：日本傳統的烹飪用工作服，造型類似罩衫，顏色以白色居多。

註11 片假名：外國名字的音譯，在日本通常以片假名來呈現。

過來的女店員臉上仍帶著跟先前一樣的笑容。隔壁座位滔滔不絕地在談參加同學會時的話題。

「那個——」

正當我開口的瞬間，尾牙的主持人拍手說：「來，大家請注意，接下來就要請部長發表結尾的致詞了。」同桌的三人一邊注意那裡，一邊看著我。田中放下杯子。我盯著杯中不斷浮起又消失的泡沫片刻，然後抬起頭說：

「那個，就算沒有結婚，也能拿到生產祝賀金嗎？」

我心想如果連續吐出幾口氣，聽起來或許會像笑聲，於是便嘗試看看，不過三人都沉默不語，最後田中小聲說，「去跟總務課談談看，應該可以拿到吧」，接著部長就開始致詞。雖然有點早，不過在此要慰問大家，今年一年辛苦了。在原料價格攀升、客戶倒閉、業界變化當中，能夠像這樣一個都不缺地迎接新的一年……

又有人進入洗手間，我又看到那張海報。這是我這輩子第一次想要搭乘和平號。

我盡量走在準備要去續攤的人群看不到的地方，不知不覺就來到銀座。時間剛過十點。我在過度明亮的便利商店買了啤酒，立刻把收據丟在外面的垃圾桶，然後邊走邊喝一口啤酒。酒精從喉嚨流入腦內。每走一步，就從腳底傳來微微的電流，在眼瞼內側產生新的色彩。酒真是太美妙了。

十二月的銀座夜晚沒有出口。人們像魚群般緩緩走動，在帶著酒氣的呼吸中游泳的，是反覆的回憶與傳言、沒有結論的爭辯、露骨的欲望、斷絕後路的誘惑。十字路口擠滿了人，彷彿忘記此刻是夜晚。眾人的意識與體溫融合在一起，如幻燈般浮現，右手輕輕安撫我的意識，左手打我的臉頰。我感覺好像早已喝醉，又好像得到覺醒，在巨大燈飾的引導下前進，走過金碧輝煌的禮物盒與金黃色的泰迪熊裝飾，來到幾乎無人的小巷中的樓房前。

這是一棟小小的樓房，夾在掛滿名牌 LOGO 的建築和快倒閉的當鋪之間。一、二樓是繪本店，掛著很大的「給孩子的文學集」廣告，不過每一扇窗的燈光都早已熄滅，葡萄造型的別致的門也緊閉著。最上層的四樓窗戶嵌有彩色玻璃風的裝飾。試圖隱藏在黑暗中的那扇窗戶被眼尖的月亮照射，鮮明地頌揚著描繪在中央的女性身影。我和她四目交接——抱著嬰兒、被三名博士環繞的那位著名女性。

很辛苦吧？我的聲音在說。

一定很辛苦吧？沒做什麼就莫名其妙懷孕，天使還什麼的也不斷找上門來。我雖然沒有經驗，不過懷孕時害喜應該也很辛苦。還有，當時妳應該還很年輕，周圍的人應該也很驚訝吧？搞不好會被當成是普通的外遇。跟妳訂婚的牧羊人——咦，還是木匠？好像叫約瑟夫吧——約瑟夫沒有生氣嗎？真抱歉，關於妳這方面的情況，我其實不是很清楚。

妳知道嗎？我現在假裝懷孕了。妳會不會生氣，指責我不該做這種事？沒有天使或博士來找我，我也沒有告訴爸媽，不過公司裡的人都很驚訝，一直吵著說好意外好意外。有什麼好意外的？在這之前彼此也沒有多了解對方。還有啊……

嘎——轟隆隆！

計程車突然從狹窄的巷子出現，朝著我逼近。車速沒有減弱的跡象。我搖搖晃晃地設法往旁邊靠。駛過我背後的車身擦過我的大衣衣襬，細微的衝擊讓我的身體連自己都感到驚訝地抖了一下。計程車若無其事地繼續駛離。

我默默地注視再度變得無人的街道。不久之後，從另一邊傳來人聲。是笑聲，而且不只是一、兩個人的聲音。笑聲逐漸變大，不久之後聲音的主人也出現了。一行人大約有十人左右，看起來好像喝醉了，每個人都像平衡玩具般搖搖晃晃地走向這裡，頭上都戴著相同的三角帽。紅色與綠色的條紋像某種暗號，在黑暗中微微發光。走在前方、雙腿很像紅鶴的女人指著招牌喊了些話，笑聲就更大聲了，在這裡好像都能聞到酒臭味。某人尖銳的口哨聲，劃破寂靜的夜晚。

我想要立刻離開。我不想要再和任何東西扯上關係。但是我也不想因為其他人的關係而離開。我想要再和她說些話。

我背對那群人，從包包取出手機。我盡量放慢動作，並裝出在等人的表情。我全身僵硬地低下頭按下按鈕。當過白的畫面射入我的眼睛時，一群人剛好經過我的後方。有人拍了一下我的背。我的內臟打了一個嗝。

Merry Christmas！

雙腿像紅鶴的女人看著我的眼睛高聲喊。在透明到驚人地步的眼珠當中，我看見自己的臉。一臉蠢樣的我一直盯著我自己。

Merry Christmas!Merry Christmas!

跟在後面的人也紛紛喊。隊伍中有男有女，有年輕人也有老人……的樣子。祝福聲在靜謐的冬夜中爆裂。當一群人消失在街道盡頭，走在最後面的一人回頭，對我做了摸肚子的動作，然後無聲地拍手，感覺像是一點點的安可。就這樣，深夜的聖人遊行離開了。

Merry Christmas。

當街道再度恢復靜寂，過了片刻，我總算也說出口。接著我再度抬頭看彩色玻璃。她仍舊在微笑。

當妳被告知懷孕的時候，一定多多少少會感到震驚，不過至少直到現在，還是有滿多人在慶祝妳的孩子誕生。這世上也有很多人，因為妳和那個孩子的存在而得到救贖。話說回來，一直被稱為聖母，被定位成某人的媽媽，感覺好像也不是很好。妳有沒有自己的興趣？有支持的偶像嗎？累積壓力的時候都做些什麼？小孩長大之後還一直被稱為聖母，後來小孩又被釘上十字架，一定很難受吧？希望妳能夠用自己的方式來稱呼自己，想睡午覺就睡午覺，做自己想做的事。

這時我忽然發現到自己的身影映在樓房的玻璃窗上，形成白白的影子。我立刻轉向正面，試著把鼓起的肚子往外突出，口裡喃喃地說：恭喜妳。

我向彩色玻璃中的女性揮了揮手，然後走向車站。我張開縮起來的肩膀，夜晚的空氣便毫不留情地進入我的肺部。老舊的大樓、柏油路、空氣，就好像被嵌入星座般閃閃發光。

地下鐵的入口靜悄悄地隱藏在成排的柳樹後方。我稍微傾聽從大馬路上隱約傳來的嘈雜聲與車聲，接著就走下無人的階梯。

回到家，我邊喝無酒精啤酒邊煮麵線，搭配之前儲備的燉蘿蔔絲、蒸雞肉一起吃。畢竟只吃居酒屋那些小菜，在關鍵的時候沒辦法發出很大的聲音。接著我打開母子手帳ＡＰＰ，在今日紀錄中寫下一天的食量與運動量。運動量是約兩站距離的健走。

這是藍光聖經上最初的紀錄。

懷孕第二十週

「妳差不多也該整理那間房間了。舊漫畫和放在那裡的衣服都要清出來。哥哥和里美他們明天就要來了。」

「明天吧。反正下午才會到。」

我邊回答邊夾起肉和水菜，順便用大湯匙撈起浮沫。浮沫在鍋子邊緣宛若芒草原般擴散。父親和母親眼睛大概都不太好。

紅白歌唱賽似乎出現父親不認識的歌星，因此他換了幾次臺，但是大概都沒看到有趣的節目，最後又換回紅白，然後在自己的杯裡倒威士忌。他似乎已經不想吃肉了。媽媽一開始就不太夾鍋裡的菜。當古老的壁鐘以突兀的音量報時，連我都不認識的偶像團體開始唱歌。爸爸想要降低電視音量卻按錯了，導致副聲道的聲音也開始同時播放，洗衣間的洗衣機則嘹亮地唱起告知烘乾完畢的電子旋律，讓三個大人圍繞的餐桌化作小小的地獄。

我把波士頓包放在玄關的踏板，稍微鬆開把臉部都遮住的圍巾，差點嚇得腳軟。黑暗的階梯浮現無數張白色的臉。穿著割烹著的母親探出頭。

「上樓時小心點，我把人偶拿出來通風。」

這些人偶是我的女兒節人偶和哥哥的五月人偶。通往二樓的舊階梯上，每一格都放了一個人偶，俯視著從地板冒出寒氣的土間（註12）。我小心翼翼地靠邊上樓，避免讓大衣衣襬掃到它們。我看到面色雪白的內裡人偶與雛人偶，隔著五月人偶還有三人官女（註13）。我感覺到襪子好像碰到什麼東西，低頭看到不知名的老先生隊伍變亂，連忙把它們擺好。

人偶的行列延續到二樓，書櫃上在《家庭醫學》與我留下的《哈利波特》系列之間，五人囃子被分開塞在不同的地方，缺乏樂團成員的統一感。我一放下行李，就被樓下的母親叫下去，只好再度通過人偶的旁邊。真抱歉，你們以前每年都為我祈禱，不過這種事本來就要看緣分。下次選擇家庭的時候，最好不要只聽

註12 土間：日式房屋內，進門後沒有鋪地板的部分稱為土間。
註13 女兒節人偶一般包含據說代表天皇與皇后的內裡人偶（男）與雛人偶（女）、代表女官的三人官女，以及代表樂師的五人囃子。五月人偶則是五月五日端午（也是祈禱男童順利成長的節日）用的人偶，通常為武士造型。

父母的，也要聽聽本人的願望再做決定。我回頭看，那些人偶並沒有表示贊同或反對。

一樓的空氣非常冰冷。我以為父親在這裡，不過看了起居室，只有電視機獨自朝著無人的矮桌熱鬧地說話，桌上留下解到一半的數獨。我關掉電視，探頭看隔壁的房間，但客房完全沒有最近使用過的痕跡。我直接從襖門走到走廊上，發現即使在家中，吐出的氣息也是白色的。不過當我打開走廊盡頭的廚房門，醬油刺鼻的味道和正在燉煮料理的熱氣與蒸氣就湧出來。面對瓦斯爐的母親回頭。

「抱歉，現在我沒辦法離開，妳爸爸去洗澡了，等他出來就換妳去洗吧。」

母親拿著料理筷炒菜的手看起來瘦骨嶙峋，就連在鍋裡炒的紅蘿蔔和豌豆莢看起來都比她的手更有生氣。

我偷拿了歲末贈禮的餅乾，在浴室空出來之前穿上母親的日式棉襖看報紙。我平常幾乎不會拿起紙本的報紙來看。難得看到的地方報上，字體比上次看到時又大了一圈。有一則新聞是在市區老人院，有兩位老人家瞞著工作人員半夜吃麻糬，結果卡在喉嚨窒息死掉了。又還不到新年，難道沒有其他樂趣嗎？我一方面這樣想，另一方面又覺得好像可以理解老人家的心情。在聖誕節與新年之間，難免會耐不住性子。沒有該做的事、也沒有樂趣的日子的連續，或許就好像沒有出口的夢。

「喂，松前漬（註14）可以打開了嗎？」

「不行，明天才能打開。要等大家都到齊才行。而且你中午以後不是還吃了紅豆湯嗎？你這樣又會被醫生罵。」

我看了一眼不死心地繼續搜尋冰箱的父親的背影，進入浴室。好大，好白，好熱，好熱。浴室裡擺著在平常去的東京藥妝店沒看過的洗髮精和沐浴乳。我在浴缸盡情伸懶腰，注意到在出水開關旁邊有點發霉。

「妳搬到現在的公寓第幾年了？」

「嗯～，大概是第六年吧。」

註14 松前漬：以醬油醃鯡魚子、魷魚乾、昆布的北海道鄉土料理，常見於過年料理。

母親一邊用筷子戳碎豆腐一邊問我。父親拿著下酒菜前往客廳開始喝酒之後，也開始夾鍋裡的菜。她淋上多到不可思議的柚子醋，並且打開罐裝氣泡酒。

「妳要喝嗎？」「不用了。」我從上星期就一直沒有喝酒。

「公司怎麼樣？」

「沒什麼變化。」

母親探出身體要拿料理筷，蒼白的頭皮被燈泡照射。她的頭髮看起來變得很細。下次她生日，送她稍微好一點的洗髮精吧。我拿起料理筷遞給她，並且將桌下的暖爐開到「強」。

「妳們公司很好，很穩定，也會發住宅津貼之類的。應該也很少人會換工作吧？」

「不太多。」

「妳哥哥那裡好像很辛苦。光是照顧浩仁一個就應付不來了，去年又生下春奈，雖然是喜事……妳看到樓上的人偶了嗎？我打算明天把你們的那些人偶送給他們，所以拿出來通風。」

哥哥和嫂嫂知道母親正在做這種準備嗎？我想起每年會從隔壁的縣返鄉的哥哥家的淺藍色輕型汽車。每次離開都一直揮手、直到看不見身影的外甥，在後座有大量布偶陪他一起坐。

「現在的人都已經沒什麼餘力了，還要養育小孩子，真辛苦。不過既然要生要養，大概還是早一點比較好吧。」

的確，懷孕很辛苦。我也點頭。

母親似乎吃厭了鍋裡的東西，開始聊起她最近開始去上的市民會館的草裙舞課。她放下盤子跳給我看，比我預期的還要厲害。上課時認識的人勸她喝的牛蒡茶，她似乎也很喜歡，說下次要一起訂我的份，寄到我的公寓。

紅白歌唱賽開始唱起螢之光（註15），母親便拿出冰淇淋給我。這是哈根達斯的杯裝冰淇淋。我想到自從搬出去一個人住之後，就幾乎沒買過了。

「好冰，好甜。」

註15　螢之光：原曲為蘇格蘭民謠Auld Lang Syne。每年除夕的NHK紅白歌唱大賽節目中，結尾通常都會唱這首曲子。

母親似乎也有準備自己的份，不過她說自己一個人吃不完一整盒，不時拿湯匙從我的杯中舀冰淇淋。每舔一口，彼得兔湯匙的背面就會留下些許粉紅色奶油的縱線。母親笑起來就會露出口腔深處的銀色假牙。冰淇淋吃到一半，她突然拿雜誌出來。我原本以為她要在這裡看雜誌，不過她卻說是因為我的小學同學登上雜誌，想要拿給我看。她雖然說「妳看，就是妳們班那個很可愛的小孩」，不過我幾乎不記得有那樣的同學在班上。母親拿雜誌給我看過之後，又聊了一陣子，不久便開始收拾並且去刷牙，不等跨年就進入臥室。

我獨自吃著剩下的冰淇淋。在暖氣很強的房間裡吃的冰淇淋很甜。我用史奴比的馬克杯喝茶，並舀了好幾次融化在杯底的冰淇淋。彼得兔、史奴比、哆拉A夢和 Hello Kitty。稍微環顧四周，就會看到各種卡通角色就如亡靈般，在我和哥哥離開的這個家繼續住下去。

我吃完冰淇淋，洗了湯匙和馬克杯，然後關掉餐廳的燈來到走廊上。冰冷的溼氣從老舊的木地板上升，讓我不禁縮起肩膀。走過客廳前方，我聽到電視的聲音。如果這回父親確實在裡面，那麼他最後似乎還是選了紅白歌唱賽。

我以前的房間現在是媽媽裁縫用的房間。像這樣返鄉的時候，我會住在平常晒衣服用的房間。我正在鋪散發樟腦氣味的訪客用棉被，就聽到窗外從遠方傳來歡呼聲，接著又安靜下來。我檢視手機，看來已經跨年了。

「恭喜新年。」

我試著說出口。懷孕第六個月。據說積極對寶寶說話會有好處。

懷孕第二十一週

我活了三十四年，卻完全想不起來每年這個時期是怎麼度過的。學校或公司的寒假結束，好久沒拿的包包沉重地咬著肩膀，因為快遲到而小跑步，在斜坡就會氣喘吁吁，又冷又熱。我看著身穿黑色或灰色大衣的人被地下鐵階梯吞沒，內心感到厭惡，但自己也成了其中一人。這一切混合在一起，變成灰色濃霧般的東西遮蔽視野，不知不覺中就度過慣例的年初。

不過今年的這個時期，或許在將來能夠以不同的顏色回憶起來。

「柴田，差不多知道了嗎？」

東中野在下午人不多的辦公室內問我。他壓低聲音，就好像小學生在問有沒有喜歡的對象。

「知道什麼？」

「就是那個……小孩子的性別。」

我忘記了。我想起剛剛的確在討論相關的話題。我也順便注意到東中野像雜草一樣茂盛的耳毛，便移開視線，眺望窗戶的方向，看到玻璃因為結露而變白。

「哦。」

「如果妳不想說就算了，不過，如果可以的話……」

「是男生。」

東中野的眼角出現細紋。

「啊，果然！真的嗎？好高興。我就覺得妳應該會生男生。真是太好了。話說回來，小孩子不論是哪種性別都很值得期待。」

東中野高興得臉上布滿皺紋，發出高亢的聲音，引來幾個人注視我們。我感到背部熱熱的。我站起來，打開結露的窗戶眺望外面。空氣很清新，完全是冰冷而透明的冬季色彩。當我說出「男生」，聲音的震動彷彿就會直接刻印在上面。

新年的頭三天結束，肚子又變大了一點。雖然可以猜想到大概的原因，譬如這幾天一直在吃老家附近仙貝店賣的「歌舞伎揚」油炸仙貝（因為吃的時候嘴裡會傷痕累累，所以被媽媽稱作口腔削皮器），不過感覺卻更具有分量，彷彿有東西住在裡面一樣。我試著把年底使用過的圍巾再度塞進去，看起來比先前更加豐滿。

我心想光靠傍晚的健走跟不上體重增加的速度，於是就在休假最後一天去參觀健身房。我還沒開口，櫃檯那位長得像瓠瓜絲的女人就對我說「恭喜」，並且給了我孕婦瑜伽的介紹。我回家閱讀資料，發現這家健身房是可以憑公司福利打折的連鎖店。

開始上班的次日，我去上洗手間的時候，桌上被放了一疊賀年卡。我輕輕嘆了一口氣——對了，還有這個。我把賀年卡分發給各部門的負責人，至於寄到本部門的，就由我統一回覆。

我另外又被委託幾項工作，內心感到麻煩，把賀年卡暫時放在連身裙口袋裡，不知為何到了傍晚連一張都不剩了。我正在尋找到底是在哪裡弄丟的，就聽到田中不滿地在發牢騷，不久之後他就到每個人的座位發明信片大小的東西。真幸運！

星期五下午，我從外出地點直接下班。現在的時刻比平常規定的下班時間稍早，從早上一直在下的雨不久前也放晴了。當我在車站折起折疊傘時，看到像極光醬（註16）般的天空。

我在幾個小時前才第一次來到這個車站。嶄新的月臺上幾乎沒有人。除了站內廣播以外，只聽見一名初老女性對坐在輪椅上的男人說話的聲音。男人沒有回答，只是抬頭望著不特定的地方，但女人似乎並不以為意，繼續對他說話。我一邊想著不知道今後還會不會來到這個車站，一邊望著眼前的光景。電車來臨，便響起彷彿要送RPG主角踏上冒險之旅的華麗旋律。

在電車上，有個高中左右的女生讓座給我。我順從地道謝並坐下來。這個女生的頭髮很短，從戶外活動用的夾克露出讓人感覺懷念的水手服，站起來時搖曳的裙子長度無可厚非地剛好及膝。她背起先前放在雙腳之間的背包，用手指勾起坐在我旁邊的女生的頭髮說：

「妳要不要魚肝油？」

「魚肝油？」

註16　極光醬：源自法國的sauce aurore，混合白醬、番茄汁與奶油。在日本也把混合美乃滋與番茄醬的醬料稱為極光醬（オーロラソース）。

「妳上幼稚園的時候沒吃過嗎？就是介於糖果和軟糖之間、酸酸的東西。」

「我知道。可是妳為什麼會有那種東西？」

坐在我旁邊的女生抬起粉紅色圍巾上方的頭。她仰頭時，睫毛的長度讓我感覺好像也要被吸引過去。

「手伸出來。」

白皙的手將某樣東西放在另一隻白皙的手上。那是淡紫色、看起來很輕的東西。旁邊的女生張開手，上面有一張介於熊與狗之間、體型圓滾滾的動物形狀的紙。

「這是狗獾。」

站著的女生從背包口袋拿出折紙用的色紙。

「很棒吧？」

「我想要別的，更可愛的。還有，魚肝油呢？」

「昨天我弟從學校帶回色紙，說他不會用到。我們來折紙吧。」

「不用了。喂，魚肝油。」

「很簡單喔。」

站著的女生把一張橘色的色紙放在坐著的女生裙子上，自己拿了深綠色的色紙，開始說明折法。首先折一個大三角形。我也在心中折紙。折出大三角形。

「妳要折慢一點，我才看得懂。還有……」

「還有？」

「我昨天吃了蝗蟲。」

坐著的女生說完，在膝上很慎重地折三角形。兩隻狗獾逐漸成形。

電車正要渡過一條大河。無數的房子到此中斷，接著又出現數不清的房子。

在難以稱為夕陽的過淡的陽光下，電車繼續前進。我想到自己不確定該在哪裡下車。

懷孕第二十三週

當我說是男生之後，東中野三天就會問我一次決定好名字了沒。我跟他說我還在考慮，想要等看到孩子的臉再決定，但是他卻強烈主張說，剛生產後絕對沒有足夠的時間與精神去考慮名字。星期二，當東中野外出的時候，我要把部門內傳閱的文件放到他桌上，剛好看到從他的筆記本中露出一張紙條，上面貼著寫了「柴田」的便利貼。我不知不覺就抽起那張紙。

我回到自己的座位上，偷偷打開那張紙，看到那是從筆記本上撕下來的。或許是因為折疊過很多次，觸感變得像皮革一樣，上面用鉛筆潦草地寫了「柴田」的大字，下方用較淺的小字寫了好幾個男人的名字，密密麻麻地像長蟲一樣。旁邊記下的數字大概是筆畫。有幾個名字用紅筆圈起來。

我把紙條放回東中野桌上，並決定不論取什麼名字都好，一定要比他更早決定像樣的名字。到了午休時間，我去公司附近的書店，翻閱以孕婦為對象的雜誌。

要決定名字，除了要考慮聲音和漢字意義之外，還要判斷筆畫，也可以選擇加入父母親的名字，或是與出生季節相關的漢字等，要講究的細節很多。不過雜誌上有許多說法令我無法贊同，譬如關於語音和漢字，上面寫著「S子音開頭的名字會給人清爽的印象，R子音開頭的名字給人英勇的印象」，但是過去我碰過許多S子音開頭但是聽起來很討厭的名字，至於加入季節相關的字，雖然容易對其他人說明自己名字的由來，乍看之下好像不錯，但是我哥哥因為在海洋節出生而取名「海人（Kaito）」，卻因為不會游泳而很討厭夏天，而且學生時期的綽號一直都是「Uminchu（註17）」，讓他很排斥。

我繼續讀雜誌，看到上面寫著「首先由夫妻兩人寫出希望孩子如何成長，然後一起討論」。插圖畫著大腹便便的女人坐在沙發上愉快地說話，對話氣球中寫著「希望他可以成為體貼他人的男生」，而在女人旁邊、看似先生的男子則說，「我想要堅強而具有上進心的孩子」。男人腳邊有隻貓在睡覺。

我沒有先生也沒有貓，因此我獨自站在書店走道上邊讀邊想：如果要生孩

註17 Uminchu：「海人」在沖繩讀為Uminchu，意指討海人。

子，我希望這個孩子成為什麼樣的人？不過想了幾分鐘，我也不知道該對孩子抱持什麼樣的期待。我會感到不安，懷疑把各種希望強加在跟自己屬於不同人格的對象身上是否恰當。我摸摸肚子，但只能摸到塞在那裡的毛巾凹凸不平的觸感，無法做為參考。

另一方面，我可以舉出很多不希望變成這種孩子的例子。最好別成為沒有想像力而喜歡耍威風、做事不得要領的人。不聽別人說話的個性會很麻煩，另一方面如果老是看人臉色，日後的人生也會很辛苦。雖然說親手寫字的機會變少了，不過字太醜的人也很討厭。還有，可以的話，拜託不要遺傳到我的單眼皮。

我忽然放下雜誌，拿出記事本，開始畫這張臉。雙眼皮的大眼睛很可愛，不過帶有憂愁氣質的內雙或許也不錯。整體來看五官最好不要太強烈。嘴唇薄一點，鼻子的高度剛剛好，眉毛短而形狀漂亮，眼睛下面加一顆痣。嗯，不壞。

聲音怎麼樣？從這張臉來看，聲音感覺不會太低，說話速度也不會太快。個性應該比較偏悠閒溫和，不過很聰明。不會因為性別、年齡或國籍歧視對方。不會怒吼。具有肯聽人說話的謙虛，以及不會自卑的程度的自尊心。具備適度的交際能力，也會適度地懷疑世界。我在臉孔旁邊寫上個性特質。

我邊寫在記事本中邊想，過去不知道有多少個像這樣想像出來的小孩。那些小孩現在都在哪裡，過著什麼樣的生活？希望大家都健健康康的。

電梯裡擠滿了吃午餐回來的人。我下了電梯回到辦公桌，東中野正在用大方巾包起便當盒。他的桌子旁邊放了我上次看到的筆記本撕下的紙。難道他還在想？我假裝沒看到，對他宣布：

「我決定好名字了。我打算替他取名為柴田空人。空無一物的空和人，空人。」

東中野喃喃念了好幾次，在空中描繪著看不見的文字，接著滿面笑容地點頭。

「空人，我覺得很棒！這是個好名字。」

懷孕第二十四週

一月接近尾聲，當我的肚子變得更大，就開始容易摔跤。我的身體重心在自己不知道的地方，走著走著會突然從背部失去平衡，腦中閃過自己跌到的模樣，但勉強站穩腳步，用手按著肚子。在地下鐵車站走下高低落差較小的階梯，或是走到公寓的陽臺上時，這種事發生的頻率不只是偶爾而已。

我查看母子手帳APP，上面寫著這種事隨著肚子變大很容易發生，請注意不要摔倒，並且要管理體重。我決定加入拿過介紹的那家健身房的會員。我原本就對瑜伽有興趣，更重要的是可以利用公司的福利優惠票打折，促成了我的決心。

然而當我在櫃檯拿優惠票給上次那位像瓠瓜絲的女人看時，她的臉色卻變得陰沉。據說是因為懷孕瑜伽課太受歡迎，因此沒辦法使用優惠票，必須全額自費。長得像瓠瓜絲的女人從辦公桌抽屜拿出小冊子，對我說：「如果是這堂課，就可以適用折扣。」

「有氧舞蹈？」

我反問。小學時，當我放學回家，有時會看到媽媽在電視機前面跳有氧舞蹈。她似乎是想要瞞著爸爸減肥，因此買了有氧舞蹈的錄影帶。我一邊吃媽媽替我做的蒸麵包、餅乾等點心，一邊望著她的背影，看著屁股的肥肉比節拍稍微延遲一點搖晃。不知何時開始，我就不再看到那幅景象，不知道是媽媽厭倦了，還是因為我的回家時間變晚了。

「是的，這堂課稱為孕婦有氧舞蹈，減肥效果很高，非常受到孕婦歡迎。從懷孕第十三週開始可以上課。」

「第一次接觸也能適應嗎？」

「畢竟是孕婦有氧舞蹈，熟練的人反而比較少。大家都一樣，不用擔心。」

辦完入會手續之後，像瓠瓜絲的女人就把文件整理起來放進袋子裡遞給我。

「搭配開心的音樂，向壓力說ＮＯ！向安產ＧＯ！簡單孕婦有氧舞蹈」。

我以為自己闖入了慶祝春天來臨的聚落祭典。打開健身房教室的門，室內聚集了色彩繽紛的孕婦。除了紅色、橘色、綠色等色彩鮮豔的Ｔ恤之外，也有幾個人穿 **Bra-T**。「拜託，我肚子裡還有一個人耶！」從後方傳來很大的聲音。

自從懷孕以來，當我在車站或店裡遇到孕婦的個人或團體，就會習慣性地去觀察，不過我還是第一次看到這麼多孕婦聚在一起。在這裡，大家彷彿都從某樣東西獲得解放一般，放聲大笑或發牢騷。如果把在動物園的狹窄牢籠中獨自低著頭的白熊放生到野外，或許也會像這樣吧。

在熱鬧的教室裡，沒有說話的大概只有我和坐在墊子上的另一個人。她長得胖胖的，鬈曲的頭髮綁成粗繩般的麻花辮垂在背後。厚厚的眼鏡讓她整個人顯得很土氣，不過螢光藍色的T恤底下，肚子鼓得很大。

在那裡面有小寶寶。我忍不住吞嚥口水，環顧四周。其他人的肚子雖然有大小差異，不過都很坦蕩地挺著突出的肚子站著。在色彩繽紛的布和柔軟的肌膚底下，是毫無防備的孩子們。我輕輕撫摸自己的肚子。風從T恤的腋下鑽進來。今天我沒有塞填充物。

在上課時間快要到的時候，一名穿著白衣的女人進來，依序測量參加者的血壓和體重。每個人在等待輪到自己時都在聊天。我在來到隊伍最前方時默默前進，將剛剛在櫃檯領的表格交出去。白衣女性笑著說，「啊，妳今天是第一次來吧」。男孩子氣的短髮中夾雜著挑染般的白髮，看起來很適合她。她迅速記錄體重等資訊之後，拍拍我的肩膀說：

「以二十四週來說有點瘦，不過沒關係。我每天看孕婦就知道，妳一定會順利生產。妳的體格就是這樣，骨盤也很紮實。好好吃好好睡，剩下的只要認真練習有氧舞蹈，就能見到健康的寶寶了。」

然而這堂有氧舞蹈卻相當驚人。我完全不敢相信，人類、甚至是孕婦怎麼可能做這種動作。

一開始的拉筋還好，大家喊著「好舒服～」或是「好痛好痛」，氣氛感覺很安詳。我原以為大概就是這樣。拉筋結束後，擔任教練的女人喊：「現在是喝水休息時間。」從這時開始，大家的話就變少了。接著隨教練拍手的節奏開始練習腳步，教室的喧鬧聲感覺逐漸被抽離，就好像衣物用真空袋中的空氣逐漸被擠壓出去。當低音的節奏以大音量開始播放，我就理解到，在這裡是由節拍來支配一切。當日光燈熄滅、鏡球開始旋轉，教室就變化為俱樂部，找回原本的模樣。

不由分說的低音響徹教室，撼動胃部。從輕快的腳步開始的動作，隨著旋律變得高亢而追加拍手，到了中途經過不知何時能夠結束的連續深蹲，進化為更加激烈的腳步，然後逐漸進入大動作的舞蹈。參加者彼此沒有交談，正確地說根本沒有交談的時間，只能持續動腳、手臂與脖子。舉起來，再高一點，更高、更高！剛剛還穿著T恤和緊身褲的教練，不知何時變成幾乎像裸體的姿態，喊著「只要稍微覺得有點累，可以儘管休息」，但是看到動作遲緩的人就會笑咪咪地把手放在肩上說「不要緊嗎～？」。纖細的手臂上浮現前所未見的粗壯血管。

教室裡占據一整面牆的鏡子裡，大肚子的一群女人認真地繼續跳舞。隨著腳步變得激烈，教室開始輕輕搖晃。這也是當然的，在這裡有表面上人數的兩倍生命。汗水在鏡球的光線下，像鑽石般閃閃發光地揮灑出去。我跳到一半，膝蓋便開始顫抖。即便如此，在整齊畫一的集團中，當節拍還在持續，我就不被允許停止動作。教練的聲音在喊：來，一、二、三！好，再、一、次！

大家都成為節奏的奴隸，瘋狂跳舞，而其中最醒目的就是穿著螢光藍色T恤的孕婦。當大多數人只能以意識朦朧的表情勉強跟上教練，她卻發出野獸般的咆哮，兩個乳房像果實般搖晃，大肚子一再往前突出，簡直到性感的地步。宛若在祈禱豐收的那副姿態在教室裡散發能量，並且更進一步加速節奏。

整間教室的熱氣到達我的肺部。當我覺得手腳快要扯斷了，激烈的節奏突然停下來，取而代之的是豎琴的琶音。背景音樂轉換為和緩的旋律。腳步逐漸切換為緩慢的動作，鏡球停止旋轉，最後在模擬陽光透過樹葉的綠色照明之下，所有孕婦都躺下來，反覆深呼吸。

「謝謝光臨～路上請小心～」我在像瓠瓜絲的女人招呼之下走出健身房。在前往車站的稀疏隊伍前方，我看到螢光藍色T恤的女人背影。她每走一步，麻花辮的繩索便左右搖晃。

星期日的傍晚空氣很冰冷，天色已經有些暗了。不過閉上眼睛，眼瞼卻熱熱的，體內有溫暖的東西在蠕動。

我在等紅綠燈時拿出手機，打開母子手帳APP。今天的運動量：孕婦有氧舞蹈，五十分鐘。

懷孕第二十六週

有氧舞蹈課在平日傍晚也有開，只要在規定時間下班就來得及去上。因為是可以不限次數去上的課程，因此我在下班後偶爾也會去上課。上星期去了星期二和星期四，這星期也去了幾次。開始不到三星期，身體逐漸產生變化，洗完澡後在鏡子裡看自己的背影，從腰部到大腿感覺好像變苗條了，體幹也變得結實，容易跌倒的情況也減少了。肚子仍舊持續鼓起，腰部和背部有時也會疼痛，不過並不會太辛苦，身體狀況反倒非常良好。

不去上有氧舞蹈的日子，我養成看電影的習慣。我想到能夠這麼早回家的時期應該有好一陣子不會再來，因此從上上週就加入Amazon Prime。我猶豫過要加入Amazon還是Netflix，不過我打算趁這個機會看比較舊的電影。上星期我看了《午夜・巴黎》和《飛越杜鵑窩》，週末看了《黑色追緝令》、《Blue》，另外還有《新天堂樂園》。有時候我會花三、四天看一部電影，有時候則會一天看兩部。

今天是上有氧舞蹈課的日子。過了下班時間，我準備要離開公司，拿出裝了運動服的托特包，東中野便一直盯著我。他捧著一疊影印紙，在我的座位後方來回好幾次。由於「唉」或「喔」的低語聲和紙張摩擦的聲音持續太久，我只好回頭，他便以喜孜孜的表情指著我的托特包問：

「那是什麼？妳最近好像常常帶來。」

我放棄隱瞞，告訴他說我開始去上孕婦有氧舞蹈課，他便很大聲地複述我的話：「原來妳去上有氧舞蹈課啊！」我不禁瞥了一眼課長和田中等人的辦公桌，不過沒有人注意我們的對話。幸虧此刻是辦公室內較為嘈雜的傍晚。

「一定滿累的吧？」

「非常累。」

「不過感覺好像很愉快。」

「是嗎？」

「妳應該很愉快吧？畢竟這是為了見到空人的準備。」

空人——這個名字從某人口中說出來，讓我無法順利理解。我感覺就像在家中的單人沙發打瞌睡時，被搬到大馬路上丟在那裡。我感到惶恐不安。不過都已經來到這裡，接下來似乎不論是哪裡都能去了。就算穿著睡衣直接前往機場、飛到某個陌生的國度也沒關係。

在決定換到現在的公司之後，我為了消耗上一家公司的年假，前往土耳其旅行。其實去別的國家也可以，不過我想起在電影還是哪裡看過土耳其乾燥泛白的土地，一時衝動就買了機票。

土耳其的街道總是聽得見音樂。實際播放的是什麼樂曲並不重要。在街上的小孩子奔跑的腳步聲中，在市場的賣家聊天或吆喝的聲音當中，持續響起生動的節奏，同時也瀰漫著刺激性的香辛料及烤肉氣味。我沒有仔細想過治安與語言的問題就出發了，不過一旦抓住這個節奏，就沒什麼好擔心的。我穿著穿慣的運動鞋，昂首瞻仰清真寺壯麗的內部裝潢，闊步在夜晚的大市集，走累了就喝熱騰騰的濃郁奶茶。雖然聽不太懂語言，不過我覺得好像可以了解對方說的一半左右的內容。在家裡脫鞋的習慣也讓我感到自在。

回國前一天，我吃了早餐，到旅行期間喜歡上的地點散步，下午去買伴手禮。在布滿塵土的小巷子裡聚集了很多小店。我在這些店逛到鞋底都要磨平，大量買入要分發給親朋好友的小點心等。在我準備回到飯店、在晚餐前小睡片刻時，我發現了那家基里姆地毯店。

這家店的位置在巷子裡也屬於偏僻的地點，每走近一步，空氣就會稍微變得冰涼，彷彿噴了香水的肌膚般的香氣也更強烈。我在屋簷下凝神注視，看到昏暗的店內被大量地毯占據，每一張上面刻印的幾何圖案宛若魔法陣般蠕動。店內有一名穿著黑衣的褐色肌膚女子在寫字，不過當我注視著她，她便抬起頭。她沒有對我說請進，不過我從她的眼神了解到應該可以進入裡面。

進入店內，香氣變得格外強烈，或許是在焚香。女人繼續寫字。我觀賞著放在邊緣的一張張基里姆地毯。我不知道能不能摸，因此只用看的。這些地毯的圖案放在外面看應該很鮮豔，不過在傍晚昏暗的店內，像是在稍作休息，也像是在暗中策劃什麼。

其中一張吸引我的注意。這張地毯乍看之下只是紅磚色的布，沒有引人注目的華麗色彩，也沒有一般人聽到基里姆地毯會聯想到的幾何圖案，看起來相當樸素；不過當我把臉湊上前仔細看，就看到在乾燥的紅磚色當中，有令人聯想到植物藤蔓的細緻花紋，每一道花紋上，都有宛若採集自世界各地花朵的各種紅色在舞動著，編織出無人知曉的植物園。我情不自禁地用手指撫摸花紋，內心很想要把它帶回去，成為屬於自己的東西。

然而當我看到一旁的標價，就很明白它不會成為我的東西。我把總算看慣的土耳其里拉換算成日圓，結果這筆金額遠超過我這次旅行的廉價旅館住宿費。我無法想像為了鋪在腳下的東西花這麼多錢。

我心想差不多該回去了，正猶豫著該不該對那名女士打一聲招呼再走，斜背包裡的手機突然響起。

大音量的旋律在靜悄悄的店內顯得很突兀，因此我連忙走出店門到巷子裡。攤販的吆喝聲和食物的氣味鑽入我的耳朵和鼻子。

「喂？」

打電話來的是雪野。

「抱歉，突然打電話給妳。妳下班了嗎？在家嗎？」

「我在土耳其看地毯。」

「妳在說什麼?」

我對她說明,我也打算離開那家公司,目前正在消耗年假中。我一邊說一邊在意著通話費。我原本以為不會有急事要接日本的電話,因此沒有調查手機費用。

「妳要買那條地毯嗎?」

「沒有,我覺得太貴了。花那麼多錢布置只有一個人住的出租公寓也沒意義。」

「這樣啊。」

雪野沉默片刻。這時我才想到,雪野為什麼要打電話來?我一方面覺得應該問她有什麼事,一方面又因為在意通訊費而猶豫。

一對看似歐洲裔的情侶經過我前方,邊走邊吃看似可麗餅、不過應該不是可麗餅的食物。

男人穿著非常輕便,錢包塞在牛仔褲後方的口袋裡突出一半,但他似乎並沒有特別在意。

「我不知道妳看中的地毯多少錢，不過不管是一個人住或是跟家人住，想要布置就布置吧。趁妳還沒忘記自己想要什麼。」

接著雪野又迅速地說，「啊，我不知道手機費用要多少，不過如果寄來的帳單很嚇人，就跟我說一聲吧」，然後就掛斷電話。

剛剛那對情侶的女方開玩笑地從男人口袋拿走錢包嬉鬧，男人則假裝生氣的樣子。

我回到基里姆地毯店。雖然才到外面幾分鐘，不過店內的昏暗光線與香氣卻感覺懷念而熟悉。我拿起紅磚色的基里姆地毯到女人面前，正在寫東西的女人便抬起頭。我以為她在寫文章，但沒想到卻是在畫畫。她以近似咒術的精緻度，用一支原子筆在帳簿角落重現桌上的收銀機和陶瓷羊。

女人敲了收銀機的鍵盤，畫面上顯示的金額比標價便宜許多。我對照了好幾次，明顯地比較便宜，但她卻沒有說什麼。

我拿出信用卡，她沒有隱藏不耐煩的表情看著卡片，不過立刻從收銀臺底下拿出讀卡機。從黑色連身裙的袖子露出巨大的金色臂環，發出沉重的聲音。

直到我走出店門，女人都不發一語，我也沒有說什麼。我在店門口的屋簷下重新背好基里姆地毯，回頭看店內，女人又在畫圖。

這條基里姆地毯至今仍舊在家裡。我每天晚上在這條地毯上做孕婦用的拉筋，或是看電影。昨天我開始看《教父》。

懷孕第二十七週

「妳沒有在用護膚油嗎？這個味道很好聞，是John Masters的。要不要塗塗看？」

跟香氣比起來，我更訝異於遞給我的瓶子上的溫度。褐色的瓶子在手中變得溫暖。平常的我會感到不自在，就如殘留前一個人手中溫度的電車吊環，或是在公司有人坐過的自己的椅子，不過我今天並不感到討厭。或許有部分理由是因為更衣室裡的人比平常還少。

「真的耶，氣味很好聞。」

「沒錯吧？雖然一定會出現妊娠紋，不過還是得做好防護才行。」

我把瓶子還給對方，她便開始塗在自己的肚子上。兩隻纖細的手在膨脹到不可思議的圓肚子上俐落地抹勻護膚油，然後將留在手上的油塗在臉部周圍。這張臉寬度很窄，皮膚白皙。

我覺得好像在哪裡看過這張臉，但想不起是在哪裡就換好衣服。當我從置物櫃要拿出鞋子時，她剛好也在同一時間拿鞋子。「啊。」我們異口同聲地喊。空中有兩雙Converse All Star的白色皮革鞋。她轉頭對我說：

「要不要去會客廳？剛剛有氧舞蹈課上的人也常在那裡。」

「會客廳？」

我並不是不知道那是什麼。從健身房出入口可以看到隔著玻璃的會客廳，裡面隨時都有各年齡層的好幾群人在談笑。不過我從來沒有想過那是自己要去的地方。

「辛苦了。」

「啊，辛苦辛苦。咦，細野，妳又瘦了嗎？」

「怎麼可能。我終於比懷孕前多了十公斤，到達兩位數了。」

「還會再增加喔。我已經多了十四公斤。」

「抱歉，迦梨，幫我拿那邊的手機。」

她們是跟我年齡相仿的五名女性，占據的位置夾在熱烈討論要不要染白髮的婦人，以及各自盯著週刊不說話的兩名老先生之間。她們將兩張戶外美食廣場常見的白色塑膠餐桌併在一起，中央放了紙盒包裝飲料和點心。當她們看到我和被稱作「細野」的那個人接近，就替我們挪出座位。

「那是誰的？好像很好吃。」

細野指著餐桌問，其中一人就說「是我的。我家附近有一家吐司很有名的麵包店，最近我常去那裡，每次去就會順便買一口大小的甜麵包。今天買的是紅豆餡甜甜圈。」她邊吃邊回答，並勸我：「妳也吃吃看吧！」豐腴但嬌小的臉上畫著濃妝，所有毛孔都仔細遮掉了，很難想像她剛才還汗流浹背地跳有氧舞蹈。我已經很久沒有跟戴假睫毛的人說話了。

「啊，抱歉沒有先打招呼。妳姓什麼？」

「我姓柴田。」

哦，柴田啊——大家像是練習般紛紛念出來，接著就問我一堆問題，像是「預產期在什麼時候」、「我們住在第二中學附近，妳住在附近嗎」……等等。我覺得好像進入了關小鳥的小屋裡。我一一回答，得到更多的回覆：「五月出生的話，找托兒所方便多了。」「離我的娘家很近。」

「妳是第一次來上有氧舞蹈課吧？怎麼樣？滿累的吧？我沒上過其他地方的

課，不過據說這裡被稱作孕婦有氧舞蹈的激進派。」

「因為太累了，害我擔心會不會直接生出來。」

小鳥屋內一陣哄堂大笑，我稍微鬆了一口氣。

星期日下午的對話怎麼聊都聊不完。首先以懷孕之後容易跑洗手間、開始使用防尿墊的話題做為開端，接著出現的話題陸續有：返鄉時公公婆婆要求一定要生男孩，於是在回程新幹線上用火車便當的免洗筷紙袋做詛咒人偶；因為害喜導致味覺改變，一天要喝一瓶Dodecamin（註18）才安心，連醫生都提醒過了，但是到頭來即使在颱風天也無視於豪雨警報，跑去自動販賣機買Dodecamin。當有人把話題拋到空中，就會有另一個人接住並拋出新的話題，感覺就像熟練的排球隊。

聊到一半，一名穿著黑色毛衣的女人走向會客廳入口的自動販賣機，有人發現了便喊「啊，是律子」，大家也揮手喊「律子～」，「律子」也揮手回應。由於

註18 Dodecamin：ASAHI飲料公司出的能量飲料。

她放下頭髮，身上穿的也不是平常的服裝，因此我沒有發覺，這名女子似乎就是剛剛那堂有氧舞蹈課的教練。我這時才知道她的名字。

聽著大家談話，我得知給我們紅豆餡甜甜圈的「雅致子」和「阿菊」的先生是公司同事，住在同一棟公司宿舍，彼此邀認識的人來參加這個聚會。預產期最晚的「穗谷」據說預定在夏天生產，「迦梨」跟我一樣預產期在五月，不過比我晚一點，預定在月底生。預產期最近的是細野，預定下下個月生產。她信誓旦旦地說：「生孩子之後絕對沒辦法去外面用餐，所以在住院前我要再吃兩次烤肉。」她的肚子已經渾圓到難以想像還能再變大。

「唉，我先生說我連臉都變大了。」

「細野，妳的臉原本就很小吧？而且生下來之後，就算不願意也會變瘦，或者應該說是變憔悴。」

如此發言的是「千春」，她已經有一對四歲的雙胞胎女兒。她身上穿的狐狸圖案的運動服，是我偶爾會去逛、但還沒有買過任何東西的牌子。千春的肚子還不太明顯，現在也穿著窄裙，不過她掛在椅背後方的大背包上掛著卡通角色鑰匙圈，感覺很有媽媽的味道。在她塗成淺棕色的美麗指甲下方，手機正在發光。

「抱歉，我該回去了。我得去體操教室接我們家小孩。在那之前我也想先去買晚餐的材料。」

「啊，我也要回去。我想到要收宅急便才行。」

我也是。我也要回去了。那差不多該走了吧。

到最後大家都決定要回去，便一起走出會客廳。當我們在等電梯的時候，我在監視器的螢幕中，看到在大肚子的七人當中的自己。

「下次見。」

「下週見。」

走出健身房之後立刻離開的，只有住在下一站附近的穗谷，其他人則慢慢解散。千春在紀伊國屋書店前方離開，細野在有派出所的十字路口道別，迦梨說要先去一趟娘家再回家。我和雅致子跟阿菊往同一個方向。天上雖然有些烏雲，不過以二月來說，算是異常溫暖的傍晚，下到昨天的雨形成的水窪閃爍著紅鶴色的光芒。

走在住宅區的人行道時，我們才想起這種人行道要讓三個大人並肩行走未免太窄了，於是三人有時排成一排、有時分成左右兩邊行走。當擺著臭臉的歐吉桑騎的腳踏車來到阿菊身後，雅致子就提醒她「有腳踏車」。走在前方的雅致子穿著一雙螢光黃色的運動鞋，在水泥人行道上非常醒目。

我不知道有多久沒有跟一群女人走在外面，而且是走在自家附近。小時候會分組一起上下學，也會和朋友到彼此家裡玩，或是騎腳踏車聚集在公園，不過不知道從什麼時候開始，去玩的時候會約在購物中心或電影院等現場集合。長大之後，即使會和情人一起散步，也很少會和同性的人走在家附近，最後一次大概是剛畢業的時候，和公司的同期同事去採買在家喝的酒。我對走在前面的兩人說：

「真羨慕妳們，可以跟好朋友在同樣的時期懷孕。」

「是啊，不過住在員工宿舍滿麻煩的，常常被念倒垃圾的方式，也有很多人會說閒話。」

「妳能想像這年頭還有那種三姑六婆圍在一起聊八卦的場景嗎？對了，柴田，妳先生是什麼樣的人？」

雅致子接著問我。我有一瞬間停下腳步。不合季節的蟬開始發出叫聲。

「他是普通的上班族。」

「哦。」兩人異口同聲地說。我大步追上她們。

不過柴田的先生應該很帥吧。感覺應該酷酷的，很會打扮──雖然只是憑空想像而已。他長得像哪一位藝人？嗯～像誰呢？自己先生反而看不出來。的確，滿傷腦筋的。哪有，阿菊的先生長得像小水滴君（註19）吧？唉呀，雅致子，妳又說這種話。小水滴君是什麼？妳看，突然提起也沒人會知道吧？那個是哪裡的吉祥物？應該是空調的吉祥物吧，就是這個。

雅致子用手機顯示空調廣告的吉祥物給我看。這時我們來到要分開的地點。我要回到河對面的公寓，兩人則要回到位在小學附近的員工宿舍。

「那我要往那邊走了。」

「這樣啊。下週見！」

註19　小水滴君：ぴちょんくん。日本Daikin空調的吉祥物，造型為擬人化的水滴。

我們揮手道別。我渡過小小的橋之後回頭，看到兩人上半身稍稍後仰、緩慢行走的身影。即使隔著這段距離，雅致子螢光黃色的運動鞋仍舊很醒目。不知停在哪裡的蟬叫得更大聲了。

我走上公寓三樓，打開門就癱在地上。地板冰涼而帶有暗色光澤。這是我熟悉的地板。我沒有換衣服也沒有打開電燈，在地板上躺了一會兒，直到白色壁紙開始融入鞋櫃的影子，我才躺在地上從托特包中拿出手機。我在母子手帳ＡＰＰ記錄今天的運動量：孕婦有氧舞蹈，五十分鐘。

當我吃完晚餐在整理碗盤時，LINE的通知聲響起。我收到加入群組的邀請。「準媽媽☆孕婦有氧舞蹈課成員」。我只看了通知畫面上的群組名稱，就繼續進行整理。我比平常稍早去洗澡，拉筋之後看了一下電影，接著開始看書，不過不知道為什麼無法集中注意力。不懷好意的波浪以透明的臉孔一再偷偷接近，把我剛讀進去的內容從腦中抹去，當我想要再度集中注意力讀書時，又來了更大的浪。我放棄讀書，想要替豆苗澆水，不過想到今天早上才剛剛換水就算了。聽說太常澆水會讓根部腐爛。

當時間總算來到接近午夜的時候，我上了床拿起手機。我設定明天早上要起床的鬧鐘時間，接著打開LINE。群組的大頭照大概是千春的雙胞胎女兒，兩個長得很像的女生穿著同樣的黃色連身裙。

我沒有選擇「加入」或「拒絕」，放下手機關掉房間的燈。

懷孕第二十八週

到了冬季逐漸離去的時期，我已經無法在 Amazon Prime 選擇電影。我並不是沒有想看的電影。相反地，我有很多電影想要看。

直到上星期，我幾乎每天都會看電影。一開始看的是當初上映時想看、卻沒辦法去看的電影，或是只知道片名卻沒有實際看過的所謂經典名片。光是看這些電影，就讓我忙得不亦樂乎。我看了《歡迎來到布達佩斯大飯店》、《愛。回來》、《我的舅舅》、《南極物語》、《艾蜜莉的異想世界》。當我看完能夠想到的電影之後，又開始追蹤「看過這部作品的人也會看以下作品」的推薦。故事永無止境地出現：有時到寒冷的國度開餐館，有時一邊當殺手一邊收養小女孩，有時在爸媽不在家的時候發生種種鬧劇——印象中，的確發生過很多事。

不知不覺中，在這不到一個月的期間裡，我就看了許多部電影。我在上班途中的電車上瀏覽「電影迷推薦的必看電影」部落格，有很高的比例都已經看過了。我的確記得我看過。

然而閱讀部落格的內容時，讓我感到驚訝的是，明明是這幾個星期內看的電影，我卻幾乎想不起那些電影的故事內容。一開始我姑且還會在記事本上寫下簡單的感想，但是後來逐漸跟不上進度，於是就放棄了。也因此，到頭來我不太曉得自己看了什麼。在不曉得的狀態下，出現在螢幕上的眾多角色從我心中通過。其中有很多人得到幸福，有一部分迎接悲傷的結局，另外還有稍多一點的角色帶著意味深遠的表情，消失到不知何方。

我逐漸開始覺得好像在被 Amazon Prime 質問今天要看什麼，於是試著選了過去幾乎沒有打開來看的電視節目，然而大排長龍的老街手工可樂餅，或是藝人用誇張表情猜謎的節目，看起來都很扁平，就好像被丟在馬路上的襪子一樣。

不知是解說員還是評論員在滔滔不絕說話的新聞也讓我感到厭倦，於是我關掉電視。隔著薄薄的牆壁，隱約可以聽見隔壁的說話聲。聲音有一度像是突然把收音機音量旋鈕調大般變得熱烈，不過立刻恢復原狀。不論是細微的聲音或變大的聲音，我都沒有聽出他們在說什麼。

隔壁房間直到去年秋天，住著大學生左右年紀的女生。她總是很巧妙地打理髮型，即使是簡單的馬尾，在她的頭髮上看起來也格外可愛。有時會有應該是她男朋友的男生來訪，當我們在走廊上碰面，兩人就會幾乎異口同聲地對我打招呼。不過上次看到拿鑰匙開隔壁房門的，是一位年紀比我稍長、看起來像食蟻獸的女人，怎麼看都不是那個女生。

我不太看電影之後，便增加孕婦有氧舞蹈課的次數。除了星期二、四、日之外，我連星期一與星期三也去上課，因此幾乎每天都去。因為是定額制的課程，所以要去幾次都可以。

平日的夜晚，來上課的人較少，也沒什麼人聊天，所以可以專注練習。我屏除雜念，投入拉筋、腳步、體操的動作。「來，這邊的肌肉！沒錯，就是這樣，這邊的肌肉！用力的時候會用到這裡。」教練用宏亮的聲音喊，意識就會集中在肚子和腿部的肌肉。鏡子裡的我，把手臂舉得比任何人都要高。運動完之後，我到更衣室脫下因汗水而變得沉重的服裝並喝水。我在母子手帳ＡＰＰ記錄運動量，然後用走的回家。

然而星期日卻不一樣。上課前的教室非常熱鬧，雖然到了動作激烈的後半段就沒人說話，不過在最後收操的深呼吸結束之後，當有人開口說「我還以為會死掉」，大家又會開始聊天。即使是不認識的人，也會至少說一聲「辛苦了」——大概只有螢光藍色T恤的女人例外。大家邊聊天邊進入更衣室，就有人問我：

「妳要去會客廳吧？」

我走近餐桌，迦梨發現之後就挪出空位給我。

「辛苦了～柴柴。」

上星期細野對我說「柴柴，妳的手好漂亮」之後，我在這裡就被稱為「柴柴」。我很久沒有得到新稱呼了。

細野正在問千春住院時最好要帶哪些東西。她似乎開始準備要打包行李了。

「還有襪子。病房有時會很冷，穿拖鞋走的話，腳會變滿冰的。如果有毛茸茸的襪子或是加壓襪比較好。」

餐桌中央又擺了雅致子帶來的點心。這次是迷你卡斯提拉。據說她要是在家吃的話，會被她先生罵說吃太多。她皺起依舊光滑緊致的額頭上畫得很細的一雙眉毛，不滿地發牢騷：

「他自己還不是吃很多！我現在都沒去參加飲酒會了。」

「雅致子，妳先生算很不錯了。我先生連產檢都完全不關心，大概以為放著不管小孩子也會自己生出來吧。所以我才買了這個東西。」

穗谷從 Marimekko 的背包拿出某樣東西，原本在和細野說話的千春立即反應：

「啊，妳去買了那個。」

「嗯，我真的很想要就買了。我想讓我先生聽聽看——雖然說現在幾乎還聽不見。」

粉紅色、外表光滑的那件機器看起來像聽診器。或者應該說，就是聽診器。

「那是什麼？」

我脫口而出地問。我不小心聯想到淫穢的用途。

「這是聽診器。柴柴，妳沒用過嗎？可以聽肚子裡的嬰兒心跳聲喔。很棒吧？我也想買。」

「千春，妳先生不是很合作嗎？應該不用買吧？」

「沒有，我是為了自己想買。能夠確認心跳聲，總是會比較安心。雖然說，如果真的感到不安，應該去醫院比較好，不過在半夜聽到心跳聲，一定能夠成為鼓舞的力量。另外我也想要讓比較大的孩子聽聽看，告訴她們說，這是弟弟心臟在跳的聲音。」

「如果不介意在這裡的話，要不要使用看看？」

「可以嗎？」

千春拿到聽診器便翻起毛衣，把聽診器貼在肚子上。隔壁桌的歐吉桑們在看她，但是她似乎完全不介意。

「聽得見嗎？」

「等一下。啊，聽見了。」

這一來大家都想要輪流聽。雅致子試過之後說「完全聽不到」，千春便告訴她要聽更下面的地方，並指給她看。在這段期間，餐桌另一端則開始聊雙親教室的話題。我聽到迦梨在抱怨她先生參加孕婦體驗的時候，對其他孕婦說了很失禮的話。過一陣子，聽診器傳過來。細野說「我想試試看」，並翻起淺藍色的薄毛衣。她的肚子毫無可疑之處，鼓得很大。

「嗯～，是這個聲音嗎？」

「心跳應該很容易聽出來才對。」

「真的嗎？那大概就不是了。抱歉，柴柴，幫我一下。」

細野似乎想要用雙手按住耳朵，便抓起我的手，讓我握住聽診器。我不知道應該貼在哪裡，便滑動到幾個部位。細野抓著我的手很冰，但隔著聽診器的圓滾滾的肚子卻散發著幾乎耀眼的熱度。

「啊，聽見了！」

當高興的喊聲響遍會客廳，我的右手碰到了細野的肚子。我立刻把手拿開，但手上留下了令人不敢置信的熱度與滑嫩的觸感。某種壓倒性正確的生命氣息，讓我的背脊發出嘎嘎的擠壓聲。

「真的聽見了！原來胎兒的心跳比大人快很多。柴柴，妳也試試看吧。」

細野把毛衣放下來勸我，但我只能小聲回答「今天不用了」。

次日星期一，我一到公司就被課長叫去，說上星期寄到工廠的原紙有問題。

我代替業務急忙聯絡原紙委託廠商詢問，確認明顯是對方的問題。我委託重新交貨之後掛斷電話，看到東中野擔心地注視著我。他身上依舊散發膠水的氣味。

「柴田，不要緊嗎？」

「什麼東西不要緊？」

「呃，對不起。像是原料的問題，好像很棘手，而且妳的臉色看起來好像不太好。」

「沒關係，真的沒什麼。」

沒什麼。沒錯，就因為沒什麼，我才會繼續製作紙筒。雖然我內心懷疑這世上是否真的需要這麼多紙筒，不過只要有人下單，就會繼續製作。我必須持續在空洞的捲芯上纏繞紙帶。當我開始要處理其他案件的工作時，先前下單的廠商打電話來，說他們沒有庫存，要過一陣子才能交貨。我連續敲打空白鍵。

打完電話之後，我瞪了仍舊在看我的東中野一眼，他便連連說抱歉，然後轉回自己的辦公桌。

懷孕第二十九週

雖然已經進入三月，但根據天氣預報，下午開始會下大雪。關東一帶據說會下到明天凌晨。

「真想快點回家。」

「你們那裡的電車沒問題嗎？」

「真羨慕。我們公司要照常上下班。」

不論是在辦公室、在走廊上，或是在和客戶通電話時，大家在擔心的同時似乎都懷著某種喜悅。他們其實根本沒有那麼擔心。就連去買魔擦筆替芯時，文具店老闆也問我有沒有下雪。我當場和對方一起隔著玻璃往外看，回答「應該還沒有吧」。

到了下午，外面漸漸開始飄雪。三點時，總務課寄發通知郵件給全體員工，要求工作結束的人提早回家。對面辦公桌的資深員工立刻開始整理行李。

「柴田，妳也回去吧。這個時期如果要跟很多人擠電車，應該會很辛苦吧？」

「謝謝，這個做完我就要回去了。」

「是嗎？那就快點回去吧。」對方說完，披上紫褐色的大衣走出去了。那件大衣的材質或許是天鵝絨，帶有美麗的光澤。

我先走了。大家請小心。地下鐵好像很危險。靜默。不到一小時，留在公司裡的人就只剩一半左右。另一方面，也有人上網檢視電車行駛資訊之後嘆氣，用有些大的聲音自言自語：「電車停駛了。」然後去便利商店買肉包和關東煮。

隔壁座位的東中野一言不發地面對電腦，背挺得像放了一根尺一樣。一身黃色襯衫宛若不合季節的油菜花般鮮豔，在人少的辦公室內格外醒目。那件襯衫是他自己買的嗎？

我大致結束工作，準備列印出資料就回去，前往共用的印表機，順便從附近的窗戶探視外面。天空彷彿塗上好幾層淡墨汁般呈現深灰色，從微暗的空白處靜靜地吐出無數雪花。或許因為外面很暗，隔壁大樓的室內可以看得很清楚。一名矮個子的男人站在高達天花板的冰冷鐵架前方，把事務用資料夾拿出來又放回稍微不同的位置。從這裡看，每一本資料夾的書背都一樣。那個人就好像在玩我不知道的遊戲。

「應該會積雪吧。」使用隔壁印表機的其他部門的男人對我說話。

「電車應該會停駛吧。必須早點回去才行。」

「柴田，妳在東中野旁邊會不會很辛苦？」

那個人突然壓低聲音說話，低頭把臉湊近我的耳朵。我反射性地用雙手保護肚子。

「不會呀。怎麼說？」

「那就好。那個人很奇怪。上次我跟他搭同一座電梯，他的電腦撞到牆壁發出聲音，所以我就看了一下，結果他就很大聲地跟我說好幾次『對不起，吵到你了』。我沒有回應，他又開始小聲喃喃說些莫名其妙的話。電梯裡也有其他公司的人，看到他這樣都覺得很詭異。他是不是有病啊？」

那個人似乎還想要繼續說下去，不過我要列印的東西印完了，因此回到座位開始整理準備回家。

「我先走了。東中野，你也要小心。」

「謝謝，這個做完之後我也要回去了。我必須完成這份資料。課長早上跟我說，今天一定要做出來。」

東中野朝著課長座位上的文件盒輕輕點頭。已經回家的課長，不知道什麼時候會讀到接下來要放在他桌上的資料。

我來到車站月臺，發現電車班次雖然變少，不過比原本預期的還要正常行駛，也幾乎不會在車站與車站之間停下來。車上的人也只比平常稍微多一點，乘客都懷抱著希望不要停駛的共同願望，當有人的行李被車門夾住，周圍的人都默默地一起幫忙拉出來。

途中我眼前的座位空出來，於是我就坐下去。從腳邊的暖氣吹出來的熱風，讓我身體深處感到麻麻的。「嗡嗡嗡，嗡嗡嗡，搭乘火車向北行，到達雪狐狸王國」——在我幼稚園的時候喜歡的繪本裡，馬戲團會搭乘列車環遊全世界表演。他們會前往雪國、沙漠的王國、森林裡、小矮人的村莊，有時不是搭火車，而是搭船或騎駱駝，不過到了夜裡，大家都會搭帳篷睡在吊床上。

電車停在離家最近的高架上的月臺，熟悉的站前街道蒼白地浮現在眼前，彷彿是第一次造訪的街道。在昏暗的路燈底下，不知是誰留下的細細的一道腳印，被新的雪花迅速消去。

超市的生鮮食品和罐頭陳列架大多已經空了，因此我在電車上約略擬定的菜單勢必無法完成。我打算利用家裡剩下來的食材想辦法，於是便想要離開超市，但又懶得把空的購物籃放回與出口反方向的地方，不知為何就把從來沒想過要買的昂貴希臘優格放入籃中。剛剛喝完隨便煮的湯之後，我開始吃優格，味道沒有特別好吃或難吃。

寒冷的溼氣從公寓窗框生鏽的窗戶潛入室內，使手腳變得冰冷。浴缸裡雖然放了熱水，不過因為浴室裡面很冷，因此當我洗完頭髮與身體、泡入浴缸時，水溫已經變溫了。這棟公寓的浴缸沒有重新加熱功能。我用蓮蓬頭從上方澆熱水，宛若在等某樣東西通過般，默默地在浴缸繼續待一陣子暖和身體。

夜晚很漫長。我換上睡衣、弄乾頭髮之後，也還不到晚上九點。電視新聞都在播放大雪的主題。電車似乎停駛了很多班次，每一臺都播放著澀谷車站擠滿人的月臺景象，以及在車站前大排長龍等計程車的人群。另外似乎也有雪崩意外發生，我看到穿著薄薄的羽絨大衣的女記者反覆說「請大家減少不必要的外出」，便讓電視畫面恢復黑暗。

我上網打開社群網站，看到大家都在上傳關於大雪的內容，像是窗外雪景、電車行駛資訊、小孩子做的雪人照片等。我很快就看厭，開始搜尋新的洗衣機候選、上次跟朋友談到想去的劇團公演等平常在意的資訊，不過沒有花多少時間就結束搜尋。網路雖然可以立刻得知自己有點想知道的事情，卻無法得知真正想要知道的事情。至於連存在本身都不知道的事情，當然更不可能會知道。

我用手指擦拭結露的窗戶，看到外面的雪下得頗大，雪花從看不見星星月亮的黑暗天空不斷湧出，沒有要求也沒有猶豫地持續飄落下來，積在道路、建築、庭院和高架橋上。我試圖張大眼睛，想要看一片雪花掉落到地面的過程，但是面對無數晃動的淡色雪片，立刻就失敗了。在河川對岸，橘色與淡黃色燈光顯得很朦朧。正對面的大廈邊間剛好有一扇窗戶拉上窗簾。

我心想，這樣很公平。

大家都因為下雪而待在家裡。當然也有人仍舊在工作，或是正在回家的路上，或許也有人運氣很好，剛好在國外旅行；不過大部分的人都在家裡——沒有刻意計畫、意料之外地待在家裡。雖然也有新年、御盆節等共同的節日，不過在這些日子，大家反而會出去玩或返鄉等等，各自依照事前的計畫行動，因此或許有人會花大量金錢與工夫，度過我想像不到的一天。但今晚卻不一樣。意料之外的大雪，讓大家被迫窩在家裡吃飯、看電視。有可能是獨自，也可能與其他人在一起。

我眺望自己的房間。這是一間七個榻榻米大的小房間。冬天一直沒收起來的灰色切斯特大衣口袋中，露出粗花呢手套。那是大學時交往的男生送給我的。他是大學某堂課的同學，我們認識之後很快就開始交往，然後在彼此就職的那年夏天分手。我仍舊繼續使用他送我的禮物，大概就表示我對他一點興趣都沒有；即使在街上或車站擦肩而過，大概也不會發覺。對於後來交往的人、在前一個職場負責安排的派遣員工及客戶公司、學生時期的社團同學，或是在班上一起寫交換日記的朋友，或許也都一樣。

在這場大雪之下，那些人此刻不知道在做什麼。會不會是坐在好不容易招到的計程車內顫抖，或是做好晚餐在等人回家，或是看著窗外一邊說「雪下得好大」一邊喝可可？我想到，或許跟某個人組成家庭就是在擔保彼此的存在，製造彼此不會被遺忘的環境——而且是在沒有意識到這層意義的情況之下。

我關上窗簾，把頭放在單人沙發的扶手上，把身體塞進沙發裡，勉強躺在沙發中。這時一旁的手機螢幕忽然亮起來。最近我完全沒在使用的購物網站寄來了電子報。我想要刪除，便打開手機，卻因為平時晚上的習慣而打開母子手帳ＡＰＰ。懷孕週數的胎兒解說出現。

「懷孕第二十九週。本週的寶寶大小像胡桃南瓜。」

胡桃南瓜。我忍不住用尖銳的聲音念出來。

製作這個ＡＰＰ的人常常吃胡桃南瓜嗎？我不會吃，甚至連買都沒有買過。在規模較大的蔬果店，或是成城石井之類比較高級的超市或許有賣，但是胡桃南瓜算是常見的蔬菜嗎？用蔬菜水果來描述肚子裡的寶寶大小，是為了讓使用者容易想像，那麼應該找二、三十歲的一般孕婦和他們的伴侶常看到的蔬菜吧？以外行人的角度來想，也會覺得這樣比較適合。我上網查，得知胡桃南瓜適合做成濃湯。話說回來，大家那麼常喝胡桃南瓜做的濃湯嗎？是胡桃南瓜耶！不是胡桃也不是南瓜。

不過我也想到，一定也有人在知道像胡桃南瓜之後，就會感到安心。她們只需要想像自己肚子裡有個胡桃南瓜大小的寶寶，即使不清楚那是什麼樣的蔬菜，仍舊會感到安心。

我忽然想要製作必須擔保的東西。即使其他人看不見、只是純屬個人虛構的東西也沒關係。如果能夠一直守護它，並守護著守護它的自己，那麼譬如在大雪的夜晚，或許就會變得有些不一樣——雖然可能只是很細微的變化。我在ＡＰＰ記錄今天的飲食與運動，便響起聖歌般的旋律。

三月的雪公平地繼續下著。

懷孕第三十週

春天剛來臨時，總是可以看到不知從哪裡產生的煙霧。不論是電車車窗外過於明亮的世界，或是在盆栽植物宛如雨林般繁殖茂密的屋簷下，或是在白色運動鞋的縫線上。

細野生下寶寶的消息來得很突然。對細野來說，大概也是如此。

「好像是星期一生的，比預定早了三個星期。」

「這麼早？」

「不過聽說好像滿常發生的。真的在預產期生寶寶的人反而很少。」

阿菊收到細野的寶寶照片，把手機畫面拿給大家看，一時之間大家紛紛喊著「好可愛」，不過眾人的關心對象似乎都是預產期準不準的問題，因此立刻回到先前的話題。沒錯，在這裡的都是半年內預定會有同樣經驗的女人。光是「好可愛」沒辦法生下寶寶。

雅致子憂鬱地說：「我先生在我陣痛的時候，一定會陷入恐慌。」阿菊也回應：「我們家也一定不行。他現在就已經在打預防針，說如果能去就會去陪產，不過畢竟還有工作。」

「我先生上次特地來陪產，可是自己感到不舒服，被助產士嫌礙手礙腳，就被趕出去了。」千春一邊拍落連身裙裙襬的灰塵一邊哀嘆。她不知從何時開始已經不再穿窄裙，比較常穿寬鬆的服裝，不過還是打扮得完美無缺。今天她穿的品牌是 Scye。

「接下來就輪柴柴了。」

雅致子把帶來的櫻花餡甜甜圈遞給我。

「嗯，能生的話，我真希望現在就立刻生出來。」

實際的櫻花，今年據說預期在三月最後一個星期盛開。

我從上星期開始就減少上有氧舞蹈課的次數，順便把 Amazon Prime 解約，打算利用空出來的時間去看牙醫。千春建議我，生產之後就會有一陣子沒辦法去，所以最好趁現在去看。我從以前就只有牙齒最健康，不過聽說懷孕期間因為荷爾蒙平衡的關係，會變得容易蛀牙。牙醫一看我的嘴裡，就問：「妳這陣子可以定期來看診嗎？」於是我接下來就要每星期去看牙醫，順便去除牙結石。

「唉呀，快生了吧。」

在候診室內，一名年長的女性對我說話。她有一頭完美的白髮，就像今天早上剛綻放的水仙般雪白美麗。她似乎看到我的手機畫面，有些高興地說：「啊，那個叫作 Mercari 吧？」

「是的，反正嬰兒服就算買新的，也很快就會弄髒，而且也不會穿太久。」

「是啊，反正都會弄髒。那就是小孩子的工作。」

從裡面傳來醫生呼喚的聲音。看來好像輪到她了。

「今天是我最後一次治療。我決定豁出去花錢，選擇非常棒的補牙材料。不管別人說什麼，我只有牙齒是貴族。很高興在最後一天可以見到幸福的兩位。」

她身上那件薄荷綠色的套裝不知道是哪裡買的，造型非常古典，但又帶著未來風格的優美。她擺了一個 Pose 之後，輕快地走入裡面的治療室，一雙用奇異筆寫著「院內用」的拖鞋在她腳下，就好像長年使用的芭蕾舞鞋般。

只有牙齒是貴族。我重複念一次。我覺得好像跟沙發後方水槽中的金魚四目交接。我再次像刻印般念一次。金魚即將躲入水草。在鮮豔的紅色消失在搖曳的水草後方之前，我湊近水槽，再念一次：只有牙齒是貴族。

我關閉 Mercari 的畫面，打開母子手帳APP，閱讀懷孕第三十週的寶寶說明。上面寫著這個時期頭髮和指甲會長得很快，不過似乎還沒有什麼脂肪，大概比照片中那些剛出生的新生兒還要稍微瘦一點。另一方面，身上的胎毛似乎會減少，肌膚想必像海豚那樣光滑。我把胎兒的模樣一一用言語描述，刻印在眼中與耳中並寫下來，順便也說給金魚聽。

「柴田小姐。」

我被叫到名字，前往診察室。醫生說今天要繼續去除下排牙齒的牙結石。我感到不可思議的是，不論在候診室或治療室的走廊上，都沒有再碰到那位白髮女性。

懷孕第三十二週

我從以前在周遭變暗的瞬間，就會想要睡覺。不需要絕對黑暗，只要比先前稍微暗一點就行了。小學時，在操場上舉行朝會或上體育課結束後，回到校舍在置鞋櫃前換上拖鞋時，我就會感到眼前變黑，頭也昏昏沉沉的。

「柴田，不要緊嗎？」

以前我總是不知不覺就換好鞋子，回到教室準備上下一節課或是換下體育服，不過那會不會只是在作夢，而我其實至今還在小學的置鞋櫃前睡覺呢？

「柴田，在這裡。」

「我聽得見！」我朝著東中野的方向瞪一眼，但是在那裡的卻是技術部的負責人。

「妳看起來好像很辛苦，不要緊嗎？要不要休息？如果要繼續的話，接下來就是最後的部分了。進去裡面因為有機器，所以要小心腳步。」

「真抱歉。」我一邊道歉一邊看前方，看到東中野站在塑膠簾幕前方，頭上戴著過大的訪客用安全帽，臉上也戴著過大的口罩避免吸入紙粉，一邊抖腳一邊注視裡面。他難得壓低聲音，但難掩興奮地悄悄說：

「柴田，那就是製筒機。」

「我知道。」

「好厲害，真的在轉。」

這個我也知道。我在口中回答。

今天早上我到公司的時候，一名業務正在和東中野爭論。東中野最近負責的塑膠膜紙筒強度有問題，交貨後在客戶的工廠捲上膜時，有一部分紙筒被壓扁了。面對高聲質問「你要怎麼負責」的年輕業務，東中野也難得不肯退讓地反駁：「給工廠的規格指示書事前就拿給你看過，當時怎麼沒說？」課長看不下去，指示兩人前往工廠，和工廠負責人討論，再次擬定生產計畫。不知為何我也被指派要一起去，真麻煩。

在抵達工廠之前，業務和東中野彼此完全沒有交談。東中野在擁擠的電車中差點摔倒，不小心踩到業務的腳，業務就故意踩回去，讓我看了感到很不舒服。

工廠在郊外，因此在搭電車的途中，會從車窗看到很大的河川與梯田，只有這時才讓我感到有些愉快。

來到工廠之後總算弄清楚，業務的規格指示和東中野的安排雙方都有問題。業務一臉失望，不過他跟技術部人員說「希望能夠來得及後天重新出貨」之後，就說接下來還有約定與人見面，然後匆匆離開了。東中野非常沮喪地一再道歉，即使在技術部人員請他抬起頭之後，他還是沒有停下來。接下來開始討論細節與生產線計畫，大致確定之後，技術部人員邀我們參觀工廠。平常即使到工廠，也很少有機會像這樣慢慢參觀。東中野也恢復心情，拿到訪客用的外套、口罩和安全帽，就喜孜孜地把雙手放入口袋裡拍動。

製造紙筒的工廠今天也感覺昏昏欲睡。在小學體育館般的建築中，有十名左右的工作人員，穿著因褪色而稍微不一樣的綠色作業服，像模型人偶般默默地工作。牆壁上貼著以大字印了「報告、聯絡、討論」標語的紙張，以及車站與工廠之間接駁巴士的時刻表。

東中野似乎對入口附近的機器很有興趣，因此我便丟下他，避開地上的工具箱與高低落差，繼續往裡面走。裁切成像緞帶那樣細長的原紙被安裝到製筒機，正在調整角度。機器有好幾處掉漆，金屬零件複雜交錯的部分也積了薄薄一層灰塵。我摸了摸最旁邊的緞帶。褐色的緞帶感覺很單薄，用指腹輕輕壓就會下沉。在處處發出尖銳金屬聲的當中，我聽見輕微的「唧」的聲音，就好像鍬钁鐵鍊摩擦的聲音。

「要開始了。」

技術部的人員揮揮手，示意我稍微離開機器。正在操作的兩名男人指著某樣東西彼此呼喚，接著就聽見低沉的震動聲。

紙帶緩緩前進，彷彿被看不見的巨大的手搧風般微微震動。這些紙帶不會突然被塗上鮮豔的色彩，也不會在機器上開始有節奏地波動，只是靜靜地被輸送、被塗膠、通過幾個轉軸，被鐵芯（稱為心軸）捲成螺旋狀。接下來就是這段過程的延長。紙帶接連被拉過去，通過跟剛剛一樣的轉軸。看到紙帶逐一通過從小小的天窗透下來的一道光線，令我聯想到通過放映機的影片，不過在那上面不會映出美麗的戲劇或驚人的動作。紙帶只是被輸送、被捲起。

我心想，實在是太乏味了。我從以前在社會課參觀工廠時，就期待發生「Bug」。我想要看到只有一個形狀不同的安全帶，或是切面凹凸不平的裝訂書。我想看到巨大的系統產生錯誤的情況、原本毫無變化的東西突然出現破綻的瞬間，然而像那種大工廠的機器都很新穎，而且花了大量金錢與人力，不會輕易出現異狀。

另一方面，在這座製筒工廠，甚至連那樣的期待都不會產生。這裡沒有期待的空間。細長的紙只是不斷被輸送並捲起，朝向最終要抽掉的鐵芯前進。在這裡製作的是空洞的芯。除非發生停電而導致機器停止，否則不太可能發生狀況，而且即使正常運轉也不會引來任何關心。以前來研修時，一起來參觀的同事會感到無聊，也是可以理解的。

然而這是咒語。紙帶不斷奔馳著。雖然被捲起來，但也在奔馳。如果有人硬要去摸，彷彿就會被它切落手指。紙帶奔過去之後，沒有喘氣就拉入接下來的紙帶，形成層層紙帶。這裡沒有可稱之為魔法的神奇結果，也沒有令人讚嘆的最新技術，卻存在著可以稱為咒語的執拗與深切。言語喚來言語，有一天或許會生出故事——莊嚴、低調、信仰堅定的故事。芯是空洞的更好，可以把故事塞進裡面。在昏暗的工廠內，一道咒語奔馳而過。

捲起的紙帶從鐵芯被送出去之後，就一一切斷，視需要加裝金屬座，或是安裝專用的蓋子或底部。比較小的會成為保鮮膜的芯或是茶罐等包裝材料，比較大的則會成為工業用材料。看樣子這世界需要非常多的紙筒，為此有無數的紙帶在這座昏昏欲睡的工廠裡奔馳。

我們歸還訪客用的外套走出工廠，外面洋溢著光線、聲音以及空氣粒子。東中野在打電話。從工廠到車站很遠，除了搭乘來時搭的員工用接駁巴士之外，就只能叫計程車。我坐在工廠前方的長椅上，聞到泥土的氣息。我脫下貪婪地吸收熱度的黑色外套，捲起連身裙的袖子。隔著寬敞道路的田裡，戴著頭巾的歐巴桑正在種植某種作物。

「能夠參觀工廠，真是太好了。」

東中野回來之後喃喃地說。

「的確。」

我邊喝蔬菜汁邊回答。這個飲料容器似乎就是使用這家工廠製作的紙筒。

技術部的人員在我們結束參觀後，談起最近推出的新紙筒種類與特殊紙筒的成本，並送給我們堆積如山的樣本，還跟我們握手說，希望總公司的其他人也能常來工廠。

「不過裡面有很多狹窄的通道和上下階梯，妳應該很辛苦吧？預產期在五月，不是嗎？這個時期定期產檢的次數也會增加吧？」

「是啊，不過沒想到你對生產滿熟悉的。」

東中野的眼鏡反射著光線。最近很少看到像這麼厚的鏡片了。

「我們夫妻一直沒有小孩，所以我跟我太太查了很多關於懷孕和生產的資料，想像著小孩子出生是什麼樣子、如果能生下來會多麼開心。」

原來你結婚了——我連這句話都說不出來，內心的驚訝散射為其他顏色。

「所以我很羨慕妳。雖然身體一定很辛苦，而且……我聽說妳是單身——對不起，提這種事還是很失禮。不過我常常和太太談起妳的事，說妳打算獨自生下孩子，即使面對各種困難也很堅強。我們在幾年前就決定要放棄。決定之後變輕鬆了，不過還是很羨慕。」

東中野繼續說話。

他談起不孕治療貴到驚人，太太接受檢查與藥物治療時看起來實在是太辛苦了，每當東中野提議要放棄時兩人就會吵架，太太曾一度懷孕但立刻又流產，兩人對各自的父母親都無法提起接受不孕治療的事。

他的口吻比工作時更加流暢。

他說他太太是學生時參加的合唱團的同學。他在下雪那天穿的油菜花色襯衫，或許也是他太太挑選的。他到底是以什麼樣的表情，寫下柴田底下的那些名字呢？

「很抱歉很抱歉，說了這麼多無關的話。今、今天很感謝妳陪我過來。」

「別客氣。我也很高興難得有機會可以好好參觀工廠。」

「那個……雖然由犯下失誤的我說這種話不太合適……不過看到製造過程，就會覺得每一個紙筒都滿棒的吧？雖然說規格有點不一樣——」

東中野從背包口袋拿出紙筒。這是東中野搞錯規格生產的紙筒，技術部人員送給他當紀念。在三月底的陽光下，淺灰色的紙筒顯得很脆弱，但卻拒絕接受同情。

我不知道該說什麼，只是朦朧地想到，剛剛那個業務要是聽到這段對話，一定會發脾氣吧。

住宅區街道的遠處在發光。車子來了。大概是東中野叫的計程車。

「你要不要摸摸肚子？」

這怎麼行、這麼重要的時刻、像我這種人——東中野邊說邊拿出毛巾手帕擦拭雙手，搓手之後收起手帕又拿出來，反覆好幾次，遲遲沒有要摸的樣子。

計程車越來越近。擋風玻璃上掛著浣熊的布偶。

「快點，車子要來了。」我挺出肚子。

「那……失、失禮了。」

表皮有明顯龜裂、像小孩一樣嬌小的手放在連身裙的肚子上。我感到溫暖。

我已經不再塞大肚子了。

「啊，剛剛動了一下！在踢！好棒，是真的寶寶！」

東中野的聲音微微顫抖。

浣熊接近，變得越來越大。

塑膠眼睛開始閃耀。

最近胎動的次數增加了。

懷孕第三十四週

八卦節目的話題轉為最近連日報導的人氣演員外遇新聞，因此我走到外面的陽臺開始晒衣服。溫暖的風吹拂在臉頰跟小腿上。河對岸的櫻花林蔭大道已經飄落一半左右的花，不過神社後方的櫻花據說這星期剛好盛開。「櫻花雖然很美卻沒有氣味，所以才這麼受歡迎。如果像桂花那麼香，大家就不會想要在樹下喝酒吃東西了。」上星期有氧舞蹈課結束時，谷穗在回家的路上這麼說。

去賞花吧？我一邊把襪子夾在晒襪架上一邊想。用冰箱裡的東西，應該可以做成便當。等我晒完衣服、打掃完洗手間之後就來準備吧。產假期間沒想到也滿忙的。

我從四月一日開始放產假。原本預定是從下星期開始，不過因為年假還有剩，而且在新舊年度切換的時候工作也能告一段落，因此人事課勸我提早開始休假。最後一天上班時，東中野送我千羽鶴。進入產假的第一天，我像平常放假一樣做家事度過，不過到了晚上我想到，這是特別的假期。

放假第二天的昨天，我打掃完之後，中午就到外面的中華料理店。這家店雖然好吃，但是離車站稍遠，因此我只去過一次。雖然剛好是午休時間，不過店內沒有上班族的身影。靠裡面的座位上，一對老夫妻面對面，以良好的姿勢在吃麵。吧檯座位上，一名不知是歐吉桑還是歐巴桑的人以榨菜當下酒菜在喝啤酒。我點的麻婆豆腐很好吃，辣度不是用辣椒而是用山椒調味，因此剛剛好。我加點了無酒精啤酒。

不過想到生產及今後的事，要準備的事情其實滿多的。昨天晚上我總算報名參加雙親教室。在我住的區域，上課對象只有到懷孕第三十六週以前，所以差一點沒辦法報名。

我的體重從上個月就一口氣增加。在有氧舞蹈課前的更衣室量體重，這兩、三星期每週都增加將近五百公克。所以接下來的賞花也不只是去玩，而是為了準備生產而維持健康的行動之一。母子手帳也推薦健走，順便提醒要小心便祕。我換上ZARA的連身裙。這件連身裙雖然不是孕婦裝，但頗為寬鬆。我穿上運動鞋，走出玄關。

最近一直都是晴天。來到外面，萬物都在發光。河邊瀰漫著水的氣味與生物的氣息，河面耀眼的反光刺入我的眼睛，因此我把頭轉向右邊，看到在公寓後方的陡坡盡頭，以無底的藍色天空為背景，佇立著盛開的櫻花。

在神社後方吃便當賞櫻之後，我就去看牙醫。現在不論是上午或下午都可以排時間看診了。牙醫說，在預產期之前，可以替我完成大致的治療。

當我在等待結帳的時候，有個一眼就看得出是孕婦的女人牽著小女孩走進來，懶洋洋地換上抗菌拖鞋。我們四目相接，彼此沒有說話，但如果人類也具備以前手機上的紅外線功能，大概就會像這樣強烈地在彼此之間有某種東西往來。我走出牙醫診所。那個小女孩一直緊緊抓著女人的手臂，盯著我的肚子。

傍晚，風從窗戶吹進來。我到陽臺收起晾著的衣服。天空染成藍紫色，冰涼的空氣彷彿冷酷地遺忘了白天的溫暖陽光，讓我全身起雞皮疙瘩。在河對岸的林蔭大道，有幾個背書包的男生正在走路。他們一共有六、七人，大概都是小學低年級生。我已經很久沒有看到小學生，還以為他們已經滅絕了。背著書包的肩膀，每一副看起來都令人難以置信地單薄。

他們熱烈地在聊天，彷彿這世上沒有其他更有趣的事情。一群人排成一直線通過花壇旁邊，接著又橫向擴散，像阿米巴原蟲般不斷變換形體走路。其中一人穿著短袖短褲。

我想到小學時，每班總是會有一個全年穿著短袖短褲的同學。不論在多冷的天氣都穿著短袖短褲，而且每班一定只有一個。印象中他們不會被分配到同一班，該不會是老師在每次分班的時候刻意調整的吧？他們現在長大之後，是否穿上長袖長褲了呢？第一次穿上長袖的時候，會不會感到難過？

「都是山田不好！」

當他們經過我所在的陽臺對面，突然傳來這麼一句話。這時其他幾個小孩也紛紛反覆同一句話。都是山田不好！

聲音越來越大聲，「都是山田不好」的合唱像洪水般湧出，即將轉變為大浪。我無法移開視線。天空變成開始泛黑的香蕉般的顏色，雲朵不斷被撕裂並飄走。

然而當他們來到十字路口，大浪突然恢復為普通的聊天，最後他們的身影繞過轉角消失了。我放鬆肩膀的力量，但仍眺望著眼前的光景好一陣子。山田到底哪裡不好了？還有，山田是哪一個孩子？搞不好山田一開始就不存在。不過我無法得知真相。至少在他們心中，山田是存在的。

這時我才發現肩膀變冷了。穿著涼鞋的光腳上，腳趾甲呈現紫色。

「對不起，很冷吧。」

我如此呼喚，捧著晒過的衣服回到房間。

懷孕第三十六週

啊，動了。

當我踏上公車階梯的瞬間，不禁脫口而出。

我差點被收起的雨傘金屬零件夾到手指。

「不要緊嗎？需不需要幫忙？」

「抱歉，不要緊。」我回應司機之後，設法爬上階梯，把Suica（註20）拿到感應器前。兩百一十圓。卡片被扣掉一名成人的費用。目前還只需要一人份的車資。

「請抓好，公車要起動了。」

我跌坐在空著的博愛座，車身便大幅震動。在細雨中煙霧朦朧的景象緩緩開始後退。小小的腳持續踢著我的肚子。可愛的、嬌小的那雙腳。

在產檢的過程中，最難熬的就是櫃檯這一關。我前往在網路上查過的醫院，

註20 Suica：在日本發行的加值卡，可搭乘交通工具、購物等。

在櫃檯老實承認我一次都沒有做過產檢，窗口的女人就發出尖銳的聲音，開始述說為了安全生產，產檢有多麼重要。

因為說得完全正確，因此我只能低著頭聽，一名年長的員工就來阻止她繼續說下去，並帶我前往候診區。

醫生坐在後方診察室內的絲絨布椅子上。這位男醫生的眼鏡後方，有一雙宛若彈珠般清澈的眼睛，剃得很短的頭髮已經失去顏色。

看他坐在古老的藥品櫃前方的姿態，與其說是醫生，不如說比較像是圖書館員。

或許因為聽說我是第一次產檢，醫生的態度格外體貼。或許他內心其實感到難以置信，竟然會有懷孕三十六週都沒有檢查過的女人。他一看到我的肚子就說：

「肚子很大了。」

在確認我是第一次懷孕之後，又閒聊了一陣子，在聊過醫生養的約克夏㹴犬老是在醫生的床上尿尿之後，才總算開始檢查。

進行超音波檢查時，電燈關上，醫生要我躺在床上。接著我的肚子上被塗了類似果凍的東西，從上面貼上儀器。在黑暗的房間裡，即使躺在床上，也能感覺到螢幕散發著藍白色的光。醫生只說了一句「真奇怪」，就沒有再說什麼。我等了一陣子之後，他拿出指示筆說：

「雖然有點不清楚，不過這就是小寶寶。看起來很健康，很愛動。」

我在床上把頭轉過去，確實看到像人的形狀的東西。我張大眼睛，把意識集中在腹部。

「這就是寶寶？」

「沒錯，是妳的寶寶。」

醫生指著像是颳起沙塵暴的畫面，一一說明。這裡是頭，啊，這裡是後腦杓。這裡是肚子，滿瘦的。這裡是屁股，這裡是腳。看得到嗎？看出來了嗎？妳看，他在動！還有，這裡是手。

我非常專注地反覆思考醫生說的話。

頭、

肚子、

屁股、

腳、

手。

我緩慢地一一念出這些詞，彷彿在念第一次說出口的外文。粗糙的畫面逐漸變得清晰，輪廓變得更加鮮明。

就好像肆虐一整晚、吞掉各種東西的暴風緩緩平息之後，原本躲起來的祕密花園悄悄顯現。

「他剛剛把腳彎起來了。妳看到了嗎？真活潑。咦，妳不要緊嗎？」

抱歉，醫生，很抱歉。我想要回答，卻發不出聲音。

那裡的確有個小寶寶。是我的寶寶。他在這世上占有空間。他形成人類的形狀，出現在這裡。真不敢相信。

「唉，柴田小姐。不過沒關係，有很多媽媽在這裡見到自己的孩子，都會哭出來。給妳，這裡有面紙。」

謝謝。我邊說邊注視著畫面，用力地擤鼻子。護士替我拿來新的一盒面紙。盒子側面有好幾隻小雞在走路的圖案。牠們是鳥類的寶寶。

醫生調整螢幕的旋鈕。

「不過目前這樣看不清楚臉部。感覺有點奇怪。畫面雖然慢慢變得清楚，不過只有關鍵的臉部還很粗糙。妳等一下，我再調整看看。」

「今天不用了，醫生，我自己的準備也還不夠。」

「不用了？」

下次檢查之前，我會努力準備到可以被看見。我如此回答，然後從床上起身，用溼毛巾擦掉肚子上的凝膠，離開診察室。

不是公車的震動，也不是地震，而是小小的質量從內側搖晃著我。雨滴使世界變得模糊，車窗外閃過人們的頭頂與商店的招牌。

我看著剛剛的照片。這是我夾在記事本中的超音波檢查照片。當我在櫃檯詢問產檢費用時，醫生連忙走出來拿給我。在肚子裡有一團藍白色的光。小小的手好像要抓住什麼，圓圓的腳急著要踩出腳印。

所以這或許是代價吧。製造出另一個人、繼續述說下去的代價。

我感到劇烈的疼痛。

有東西從內側壓迫我的內臟與肺部，折磨我的骨頭。我彎下身體，隔著連身裙一再摩擦手臂。

「請問妳不要緊嗎？」

坐在隔壁博愛座的初老男性問我。我流著黏膩的汗水，只能點頭。

懷孕第三十七週

「懷孕第三十七週。本週寶寶的大小像菠菜。」

我看完手機抬起頭，轉向冰箱。但我立刻想起，冰箱裡現在只有小松菜。菠菜因為太貴所以沒買。我坐進沙發。肚子雖然餓，不過光是想像做料理的情景，想像到煎肉的氣味和鍋子蒸氣讓小小的窗戶變白的景象，我就覺得有東西要從胃部湧上來。

疼痛與噁心的感覺遲遲沒有消散。之前也會有輕微的胎動，腰部偶爾也會感到沉重疲累，不過自從上週的產檢以來，胎動就變得劇烈，痛苦的質地明顯改變了。我隨時會感覺到內臟被用力擠壓，幾乎快要窒息。偶爾我也會忽然無法動彈。

他似乎完全不顧我的意願。當我想要睡覺，他就會踢我的肚子，等到這陣腳踢總算停止，又會開始翻筋斗。一碰到膀胱或子宮頸口，就會產生銳利的疼痛，幾乎讓我停止呼吸。我之前每天在Amazon Prime看電影的時候，曾看過黑道沒有麻醉就剖開活人的肚子、捏碎內臟的一幕，不過看來這種劇情不需要到電影裡面去找。明天也有安排產檢，但是我沒有自信能夠搭公車抵達醫院。具有明確輪廓的人在我體內亂動。自己的身體彷彿成為陌生的場所。

「妳碰過這樣的情況嗎？」我在狀況勉強可以的時候去健身房，詢問千春。

「我最難受的時期是害喜那陣子，不過聽說也有人是懷孕後期最辛苦。柴柴，妳也要小心產後憂鬱症喔。」

千春補充說明，有很多人在生產後會得到憂鬱症。接著她拿出手機，給我看本區福祉保健單位的官方網站。

「如果有育兒相關的問題，也可以找這樣的單位。妳當然也可以找我，不過有些事情可能不方便跟認識的人說，也可能會不想說。」

千春造型總是完美的短髮之間露出耳釦。

華麗地踢在膀胱的招式使我呻吟。我連靠在沙發上都覺得痛苦，便在房間裡來回走動。我想喝止痛藥，但是手邊的洛索洛芬不適合十二週內預定生產的孕婦使用。

走出玄關，就看到一顆或許是燃燒殆盡的紅色星星，掛在南方的低空。每次來到樓梯平臺，我就會一邊確認那顆星在那裡、一邊走下公寓階梯。我走過住宿者用的腳踏車停車場，來到後面的道路。手機的時間顯示剛過晚上十一點半。

幾個小時前，我因為身體依舊感到疲憊，因此上床想要睡覺，可是突然來的一腳卻踢散我的睡意，於是我決定穿上涼鞋去散步。我沿著河流走，前往每天健走常經過的斜坡。走到一半，我就氣喘吁吁。「咻～咻～」的聲音很難想像是從自己的喉嚨發出來的，不過我還是繼續走。夜晚的空氣鑽入當作睡衣的棉質褲子，撫摸我的肌膚。

上了斜坡，道路再度恢復平坦，進入住宅區。第一次在下班途中健走時，我曾在這一帶遇到狀似不太舒服的孕婦。不過我還是首度在這麼晚的時間到這裡。路上沒有人，只有路旁的自動販賣機散發耀眼的生命力。

繞過轉角，我停下腳步。街道的內側有某樣東西。那是在標示牌的後方，對面就是我每次經過都猜想一定是地主的大屋子。那是一個人。那個人雖然站在原地，卻不停地在動——上下、前後、很有規律地在動。為什麼走在這一帶就會遇到怪人？我雖然這麼想，還是繼續走。我的肚子裡不斷朝著那個方向踢，好像在催促我繼續前進。我逐漸接近那個人。

那個人在搖動。

搖動的幅度很小。那個人用膝蓋輕輕打節拍，腰部往下，雙臂微微搖擺，看起來像是在跳舞。伴隨著別人聽不到的連綿歌聲小動作地跳舞，看起來也有點像某種儀式。我沒有看過實際的祈雨，不過也許就像這樣吧。

但是那個人看起來也像是累了，而且是非常疲憊，偶爾從抱在身體前方的很大的東西放開一隻手，然後笨拙地俯身敲敲腰部，順便也敲敲肩。這個動作很明顯屬於腰部和肩膀酸痛的人。另外也偶爾會用手揉眼睛，不過立刻又恢復原本的姿勢。恢復之後再度搖晃，彷彿是在哄寶寶睡覺。

那個人回頭，露出寬度很窄的一張白皙的臉。

「柴柴。」

熟悉的聲音有些沙啞，好像得了遲遲無法痊癒的感冒。不過這個稱呼方式很明顯屬於這個人。其他人即使說出同樣的詞，聽起來也不太一樣，不知是因為發音還是腔調。我想起就是她替我取這個綽號的。

「細野，呃，晚安。妳怎麼在這裡？」

「柴柴，妳在散步嗎？這麼晚了，真勤奮。」

細野瞇起眼睛。原本就嬌小的臉變得更小，幾乎無法再減少任何部分。

「有一陣子沒見面了。妳過得還好嗎？有氧舞蹈課的其他人怎麼樣。我上次搭公車，看到很像迦梨的人。雅致子呢？她還繼續在吃點心嗎？」

「嗯，每星期都在吃。前天她帶麵包脆餅來，不停地啃。」

「哦。」細野想要笑，卻失敗而嗆到了。咳嗽的聲音彷彿要戳破她單薄的背部。不過細野沒有停止搖晃。她配合我所不知道的節奏，捧著像盔甲般的嬰兒背帶上下擺動。勉強依附在瘦削小腿上的襪子終於放棄掙扎垂下來，但她並不在意。

「對不起，讓妳聽到這種聲音。對了，柴柴，妳的預產期也快到了吧？狀況怎麼樣？這時期很辛苦吧？」

「細野。」

「幹麼？」

「恭喜妳生下寶寶。」

「謝謝。」細野說話時，有透明的東西覆蓋眼珠。我正感到在意，腰部就產生疼痛的感覺。我彎下腰停止呼吸。當我再度抬起頭，這回輪到細野低頭，因此我無法看到她的表情，也看不到在背帶中的那張臉。

「是在三月生的吧？」

「嗯。」

「好厲害。能夠真的生出來，實在是太敬佩了。恭喜妳。是女孩吧？阿菊有把照片給大家看，真的很可愛。」

「謝謝。」

細野依舊在搖擺，期間換了一次手的位置，但是沒有抬起頭。我是第一次像這樣仔細看細野。纖瘦的手臂與圓圓的骨頭突出的手腕，看起來不像已經生過孩子的母親，比較像是十幾歲的女孩子。國中和高中時期的細野不知道是什麼樣的女生。

眼前「地主」家的一樓燈光熄滅了。雖然是四月，但是晚上仍舊很冷。我摩擦著腳，後悔沒有穿襪子出來。

「現在已經快十二點了。我只是出來散步，不過妳怎麼會出來？這種時間在外面會冷吧？妳先生一定也會擔心。」

「嗯。」

「細野？」

細野的胸部緩緩上升又下降好幾次。我聽到類似漏氣的聲音。抱在她胸前的臉稍稍露出來。臉頰看起來比剛製成的鮮奶油還要光滑柔軟，在細野的胸口和手臂之間熟睡，臉上的表情渾然不知這世上存在著悲傷與痛苦。

「像這樣抱著的時候就沒有問題。」

當地主家二樓的燈光也熄滅時，細野開口了。她的語氣很輕，就好像在練習鼻濁音（註21）般。不過她的身體依舊在搖擺，彷彿一旦停止搖擺，就會發生恐怖的事情。

註21 鼻濁音：將日文濁音發為鼻音，通常是指將〔g〕的音發為〔ŋ〕。講究發音的演員、播報員或聲樂家等往往會練習發鼻濁音。

「寶寶很可愛，我也很愛她。她是我的寶物。是真的，全部都是真的。寶寶真的很可愛。」

「沒錯。」

「沒錯，真的是這樣。大家都這麼說！」

細野繃緊雙臂肌肉，抬起頭。在春天的陰影中，有某樣東西爆發了。

「大家都說，很可愛，好幸福，眼睛很像妳。才怪，一點都不像！她一直在哭！我根本沒辦法冷靜地看她的臉！待在娘家的時候，我媽媽抱著她，我在一旁看的時候，的確稍微想過也許長得有點像我。可是回到這裡，搞什麼！一直在哭，哭個不停！當然也有睡覺的時候，雖然片片斷斷的，不過其實睡得還滿多的。可是在她睡覺的時候，我就得洗奶瓶，否則根本來不及乾。另外還要做家事。真不敢相信，大家都是怎麼做的？是超人嗎？要抱著這孩子去晒累積太多的衣服，還要打掃？只要把她放到床上，就會立刻開始哭，簡直就像背上長了按鈕一樣。什麼嘛！沒有抵抗重力的氣概和肌力，卻那麼討厭躺下來？難道上輩子是在睡覺的時候被砍死的？不過先別提這個。這孩子倒還好。由梨沒關係——啊，她叫由梨，自由的由，梨子的梨。由梨是我。她是我的延伸、我的分身。我當然知道總有一天她會脫離我，不過那也沒關係。她是我的寶貝。更可惡的是我先生。搞什麼！晚上由梨哭的時候，我先生就會不高興，說明天還要早起。如果只是不高興就算了，可是他卻一副不高興卻在忍耐的樣子，真火大！他裝出一副明明很煩卻在忍耐、願意理解的態度，可是如果真的理解，為什麼週末什麼事都不做？為什麼我要在晚上把由梨帶出來站在外面？看到我先生在那裡嘆氣就火大！少在那邊裝模作樣地深深嘆氣！上次只不過順利讓寶寶睡著一次就在那邊得意！他說要去嬰兒本鋪買東西，我就拜託他買吸汗墊，結果卻買來根本還不能穿的大尺寸的衣服！少在那邊自豪說那些衣服多可愛！結果也沒買吸汗墊。唉！我也好想連續睡個三十分鐘。」

我們後方的大樓窗戶被關上，而且是連續兩間。那是毫不留情的關閉方式，但細野似乎絲毫不以為意。阻止細野滔滔不絕說下去的，是從胸口傳來的細微而甜蜜的聲音。

呼，呼……

細野和我都無法動彈。在日光燈下，細野的臉上失去色彩，我也默默地望著深綠色的嬰兒背帶。我感覺自己肚子裡面也在緊張。

呼，呼，呼，呼……

不久之後，又聽見平穩的睡眠呼吸聲。細野小聲嘆了一口氣，然後再度開始輕輕搖擺。我感覺走出公寓玄關彷彿是很久以前的事了。

「好危險。」

細野說完就沉默了。我也沒有說什麼。我不知道該說什麼，也沒辦法說「夜已經深了，我差不多該走了」而道別。我知道即使在這裡道別，兩人都無法到任何地方。

「細野，我以為妳先生應該很溫柔。」

我稍微回溯在會客廳的對話。

「妳不是說他常常陪妳去做產檢，在妳害喜一直吐的時候，也常常幫忙做家事嗎？」

細野單手抱著由梨，抓了抓臉頰。她抓了兩、三次，但似乎不是因為會癢。

就連這個動作，都讓浮現骨骼輪廓的右手顯得很可憐。

「他的確會幫忙，不過畢竟是外人。」

「外人？」

「嗯，說到底，先生做的就只是射精而已，不是嗎？接下來當我的肚子變大、又是嘔吐又是無法動彈的時候，偶爾會來鼓勵我一下，然後在一旁看我生產。他陪產的時候哭了，可是對他來說，也不過就是自己射出來的東西變成人類的形狀而已。我當然也知道，因為性別的關係，只有我能生產；可是在生出來之後，除了流出母乳之外，其他條件應該沒有差別吧？他到現在才說什麼他需要時間準備當父親，可是從十個月前開始，他就已經是父親了！在那邊呆呆看什麼？又不是社會課的參觀見習活動！他說『我有工作』，可是我也有工作，或者應該說本來有的。當然跟他比起來也許薪水比較少，可是就是因為需要養小孩，才會有育嬰假吧？我不會要求他現在馬上去做，可是他有沒有想過要自己去請育嬰假、讓我去工作？為什麼他換一次尿布，我就得這麼感激？有沒有想過我很累？就算想過，是不是也覺得既然是媽媽就沒辦法？當先生的到底了不了解這種心情？距離我二十公分、在那邊呼呼大睡的丈夫，感覺比沒見過的政治家，或是巴西路上的野狗感覺還像外人。跟先生在一起，比自己一個人還要孤獨。」

我原本以為細野的怒火已經平息，但卻又像煙火般盛大地升空，像烽火一樣繼續燃燒。我看到對面大廈的住戶走到陽臺上看我們，但是我已經不在乎了。我聽見自己嘴裡說出「我知道」。

這股怒火應該不只屬於細野。千春或許也是這麼想的。谷穗和雅致子將來或許也會產生同樣的怒火，而我的母親或許也一樣。我想到那個一再舀起杯中的冰淇淋、吃得津津有味的母親。

在細野滔滔不絕說話的當中，我又找到了那顆星星——在我離開公寓時看到的那顆星星，飄浮在高樓大廈群上方、彷彿快要燃盡的紅色星星。

紅色的光有一瞬間消失了。

我以為我看錯了，睜大眼睛，看到它還在那裡。那當然了，星星不可能會消失。不過當我繼續凝神注視，它再度消失，然後立刻又出現。我沒有看錯，而且那顆星星應該在動。

那顆星星會以「嘟——・嘟——」的頻率，定期變暗又變亮，而且以一定的速度移動。我想起在那個方向，比大廈更遠的地方有一座機場；接著我發覺到，那大概是起飛或降落的飛機。

「抱歉，細野，我還是無法理解。」

細野挑起眉毛。這張臉怎麼看都很小，讓我一直覺得很羨慕。不知道細野的先生每天是怎麼面對端正配置在這張臉上的眼睛、鼻子和嘴巴。

「妳先生大概更無法理解。或許他試圖要去理解，或許根本沒有。我也覺得因為由梨在哭就不高興，實在是太不應該了。」

我繼續說話，邊說邊試圖想起第一次走這條路時的情景。當時應該有點累。對了，那是在下班途中，我因為體重增加，決定回程走一站或兩站的距離，而那是我第一次走的日子。那是在什麼時候呢？

「如果是大家，像是千春或許就會理解。她說過上次生的是雙胞胎，非常辛苦。其他人一定也都會感同身受。不過再怎麼說，她們都不是妳。」

對了，那是在冬天。我記得當時穿著大衣。因為是剛進入穩定期的時候，所以是十二月。肚子逐漸鼓起來，也逐漸開始習慣身為孕婦。

「我最近常常瀏覽生產和懷孕主題的部落格。說真的，在這個可以用虛擬貨幣購物、不需要特地通勤也能在家工作的時代，為什麼生產——有將近一半人口會經歷的事情——至今還是這麼疼痛辛苦？必須邊哭邊餵奶，連三十分鐘都沒辦法連續睡覺？」

當我因為懷孕而能夠準時回家的時候，還曾經懷疑「真的可以在這種時間回家嗎」。準時在規定時間回家當然沒有問題，甚至是理所當然的。當我搭乘傍晚五點多的電車時，很驚訝車上竟然有這麼多人，而那些人並不認為這是很特別的事。

「而且還有很多人，像是先生或公公婆婆、有時甚至是自己的爸媽，會說出或做出很過分的事。我看到那些描述，會覺得很想代替她們。不過我還是沒辦法代替她們。不只無法代替，也無法理解。因為我不是那個人。不管在我眼前的細野有多疼痛、多辛苦、多想睡覺，我也沒辦法真正理解。」

我想到那場尾牙真的很浪費錢。我開始搬出來自己住之後一直在想，節省的第一步就是不要參加不想去的飲酒會。為什麼要浪費時間與金錢，去聽一點都不熟的人說些廢話，而且還要被問到自己的私事？

「當細野、迦梨或其他人因為害喜吐個不停，當妳們明明很辛苦還要幫先生做晚餐、欲哭無淚地切青椒和豬肉的時候，我或許正在開心地吃蛋糕。這種事絕對發生過無數次。我當然不覺得所有人最好都變得同樣不幸。基本上，最好是大家都不要變得不幸。我也不想變得不幸。」

面對裝出一副「真的很擔心妳懷孕」的態度、但卻有些嬉皮笑臉地迂迴問些爛問題的人，為什麼要我努力用開玩笑的口吻回答來滿足他們？為什麼在那種聚會的回程，路上會那麼黑暗而寒冷？

不過相較之下，上完有氧舞蹈課、在會客廳邊吃點心邊聊許多無聊話題之後，回到獨自的公寓玄關，為什麼會感覺更黑暗？

「好寂寞。對不起，細野，這些話題跟妳的辛苦一點關係都沒有。不過我一直都很寂寞。很奇怪，明明知道大家從生下來的瞬間就是這樣，可是我到現在仍舊不習慣，每個人都會被分開。」

我難得聽見自己的聲音變得扭曲。細野身後的公寓燈光終於熄滅。那棟建築是最近不太常見的磚造公寓。

小時候住的公寓是爸爸就職的公司租下幾間的員工宿舍。那棟公寓位在學區的邊緣，藍色鱗狀的屋頂顯得很陰沉，管理人是獨居的老太太。那位老太太總是喃喃自語，長長的白髮像鳥巢般糾結。大家都稱她為「巫婆」。

巫婆的心情總是很差，尤其在有人想要進入公寓後院時，就會大發雷霆。如果是小孩子，就會被毫不容情地拿掃帚打背部。據說如果有年輕媽媽想要進去撿掉下去的衣服，也會被她以莫名其妙的語言怒吼並驅趕。

不知道是誰開始說的，謠言開始在小孩子之間流傳，說後院有熬毒藥用的藥草農園，還有巫婆養的老虎在看守。事實上，每年到了春天，晚上就會聽到奇怪的叫聲。

「不過另一方面，我也無法了解，為什麼有那麼多人會想要干涉其他人。又不是真的有興趣，卻喜歡開口評論，遇到自己無法理解的事就說很奇怪。真是囉嗦。因為覺得很囉嗦，因為總是很寂寞，讓我快要忘記自己是誰。」

小學二年級左右，我擬定計畫要進入後院。我想要進入其他公寓裡的孩子都還沒進入過的後院，把它當成自己的遊戲場。我決定在星期六早上執行計畫。魔女拖著沉重的身體下樓梯、開始掃地或拔草，通常是在中午過後，而我的父母親也只有在星期六會睡到九點左右。只要悄悄出門、鎖上鑰匙，應該就不會被發現。我把家裡的鑰匙掛著的泰迪熊鑰匙圈拆下來。我擔心泰迪熊脖子上的鈴鐺聲會吵醒老虎。

在有些悶熱的五月早晨，我決定執行計畫。或許是因為緊張，我自然而然就醒來，完全沒有睡意，即使不拉開窗簾也知道天快要亮了。我按著彷彿養了一隻小鳥般騷動不安的胸口，走下公寓的階梯。

「所以我決定持有謊言。」

「持有謊言？」

細野的黑眼珠反射光線。我得到確信，剛入冬時在這裡遇到的人就是她。她當時穿著紅色羽絨衣，肚子裡裝著無庸置疑地真實的東西。

「細野，即使是謊言也沒關係，妳應該持有只屬於自己的地方。只要能夠裝入一個人的小小謊言就行了。把這個謊言放在心中，持續念著，搞不好就會帶妳到另一個地方。而且在這段期間，自己和世界或許也會稍微產生變化。」

後院沒有老虎，也沒有藥草農園，只有繽紛的色彩。

玫瑰、麻葉繡線菊、芍藥、鈴蘭、洋桔梗、連名字都不知道的眾多花朵。當濃縮深夜祕密的黑影逐漸消散、天空的邊緣染上生澀的色彩時，各種色彩的花朵綻放著燦爛的笑容。花朵陶醉地戴上朝露的寶石，泡沫的香水讓腦袋深處感覺麻麻的。

我不禁看著自己的手。我不敢相信能夠帶著肉體進入這樣的風景當中。優雅而野蠻的花朵彷彿留戀著舞會，隨著無聲的華爾滋音樂搖擺。每一片花瓣都將吸收一整晚的月光釋放出來，綻放光芒引誘觀賞者。

我想要伸手觸摸——譬如甜蜜地垂下來的紫藤。

我踮起腳，把手伸向看起來很柔軟的花。在我伸手的前方，在非常遙遠的地方出現龜裂。是朝陽。天要亮了。接著就如魔法解除般，世界的顏色目不暇給地轉變。在來不及眨眼的瞬間，小小的世界就被早晨滲透。

這時我看到紫藤架下的巫婆身影。巫婆正在餵牛奶給徘徊在腳邊的好幾隻小貓。當她發現天空開始變亮，便不耐煩地聳聳厚厚的肩膀。她收起牛奶瓶，開始走向後院更裡面的地方，小貓也撒嬌地追在她身後。當巫婆和小貓的身影都消失之後，天空已經完全變成熟悉的清晨模樣。我無言地在原地呆站了好一陣子，然後沿著來時的路回家。

回到家，母親在玄關等我。她要去上洗手間的時候，發覺到我房間的門是打開的，並發現泰迪熊的鑰匙圈。她以幾乎要吵醒父親的怒氣問我「妳在做什麼」，但我只是很想睡覺，即使母親扶我站起來，我仍快要倒下去。母親放棄問我理由，讓我回到房間，我便鑽入棉被裡，朦朧地回想剛剛發生的事。

受到紫藤祝福、撫摸小貓的巫婆側臉，或許有點像曾經在繪畫中看過的聖女。

細野已經不再搖擺。她站在路燈底下，由梨則安詳地發出睡眠的呼吸聲。

細野住的大廈就在附近。她指著兩年前蓋好的漂亮大廈說「就是那裡」。我以前經過時看到入口的沙發，曾經想到「感覺好像很貴」。五樓邊間的窗戶裡，燈還是亮的。「妳可以回去了嗎？」我問細野，她便輕輕點頭。她摸著由梨圓圓的頭，左手上的戒指反射路燈的光。

柴柴。

拜拜——我說完正要離開，卻被她叫住。

「柴柴，妳在說謊嗎？」

嗯。我回答之後揮揮手，細野也對我揮手。

我摸著比來的時候稍微穩定下來的肚子，走下斜坡。我用手機的光照亮地面，偶爾把手貼在圍牆上慢慢前進。當我總算下了斜坡，抬起頭看南邊的天空，就看到那顆紅色的星星。它定期變亮又變暗，並且在移動。

回到房間之後，我必須先自己開燈才行。

懷孕第三十八週

在黃金週即將來臨之前，胎兒的位置往下移動一些。根據母子手帳APP的說明，應該沒有太大的問題。這代表生產的日子越來越近。雖然行動變得更加困難，不過現在反而比較容易呼吸。我也已經習慣被踢，晚上睡得著，食欲也恢復了。我用手機搜尋「懷孕後期走路方式」。

每次去產檢，醫生就會給我看超音波。胎兒的身影變得越來越清晰，上次還看到彷彿在比勝利手勢的樣子，我不禁懷疑自己的小孩會不會是天才。

有氧舞蹈依舊很激烈，每次都讓我覺得自己不會死於生產、而會死於今天的這個運動，不過我姑且還是能夠持續練習。我忽然發覺到，那個激烈跳舞的螢光藍T恤的人不知何時開始已經沒來了。是不是順利生產了呢？希望如此。我在更衣室換衣服的時候，迦梨給我很香的身體乳。她說她從這個週末就要回娘家，準備返鄉生產。

「等妳生了一定要告訴我。妳是要在這裡的醫院生產吧？我生產之後過一陣子也會回來，等到狀況穩定之後，就一起去演唱會吧。我一直沒有機會問起，柴，妳的手機夾是演唱會商品吧？我也很喜歡那位藝人。所以至少在那一天，我們要把小孩交給先生照顧，一定要去參加演唱會。」

「原來妳也喜歡。好，一定要去。」

連假期間一定到處都人山人海，因此我幾乎都在家裡度過。我已經在上星期看過想看的電影，也去看過美術館的展覽。平日的美術館人很少，聽到兩位婦人在梵谷的畫前說「用色真是大膽」、「真的是天才」，我不禁想要把這段對話告訴梵谷——那位據說一輩子只賣出過一幅畫的畫家。我在博物館禮品店買了向日葵圖案的汗巾。次日開始就進入連假。

每一天都是大好晴天。蔚藍的天空彷彿連眼瞼都會穿透，迸發著初夏的預兆，即使待在公寓也能感染到興奮的心情。我沒有去任何地方玩，不過每天都去河邊的義式冰淇淋店。我在散步途中順便買回冰淇淋，然後把椅子搬到陽臺上吃冰。我戴上墨鏡，穿著T恤和短褲躺在陽臺，閉上眼睛摸肚子，感覺好像來到沒去過的義大利度假勝地。好溫暖，好舒服。我對胎兒說話，肚子就動了。

連假最後一天，上午桃井傳 LINE 給我，傍晚接到雪野的電話。她說上一個工作的同期同事之一結婚蓋了新家，下個月要舉辦家庭派對，問我要不要去。我回答現在有點忙不能去，然後兩人聊了一陣子，等到聊得差不多了，雪野對我說「對了，我也離婚了」就想要掛電話，讓我驚訝地問她詳情。雪野總是在大家還沒發覺的時候就往前進。不過大家或許都是如此，只不過雪野比較常說出來。她是個親切的人。

這天晚上，我上床躺下來，有好一陣子睡不著。做菜時聽的廣播ＤＪ的聲音、牆上貼的樂團海報、幾乎沒說過話的公司同事咬指甲的舉動等，毫無秩序地在黑暗中浮現又消失，把我停留在哪裡都不是的地方。我飄浮在包含一切卻沒有前後、也沒有聲音與時間的空間中好一陣子，終於開燈。我忘記了。

我瞇著眼睛面對手機藍白色的光，打開母子手帳ＡＰＰ，記錄今天發生的事，包括飲食、運動量、寶寶的情況。言語會喚來言語。我在輸入之後觸碰「記錄」圖示，就出現「恭喜！今天是連續第一百天的紀錄」的通知。我滿意地關燈。這回睡眠總算穿越公寓牆壁來迎接我。我回到現實與夢境之間。

懷孕第三十九週

《不動產經紀人1　基礎內容》、《什麼是民法？　不動產經紀人考試初級系列》——我看著粉紅色與藍色圖案搭配大字的封面。教科書和參考書封面為什麼常常都是幾何圖案？這些是不存在於現實中任何地方的圖形。隨手打開的書發出黏膠剝落的聲音，紙張脫離膠水的控制。就連紙張嶄新的氣味，都顯示參考書從我學生時代就沒有改變。

不過躺在基里姆地毯上打開的參考書雖然有些疏遠，看起來卻莫名地可靠。長大之後打開的參考書，或許是為了脫離目前所在地的工具。

「媽媽打算要念點書。」

不知是否因為被關掉電視而感到不滿，肚子裡「蹬蹬」地踢著腳，我便如此告誡。

懷孕第四十週

這一天比預期早四天來臨。外面還很暗，意識毫不掩飾因為從夢中被拉出來而感到不滿，但立刻察覺到身體內部發生某項變化。躺在床上時，一開始只是偶爾會隱約產生類似生理痛的疼痛，但疼痛越來越強烈，間隔也變短。我看到內衣上沾到看似鮮血的東西。看到第一次發生的現象讓我冷汗直流。我無法發出聲音，只能在內心呼喊——與其說是出自信仰，不如說比較類似同理心。

瑪莉亞……不，瑪莉亞小姐。仔細想想，妳真的很偉大。生產時身邊只有當木匠的丈夫和馬，妳一定感到很不安吧？之後來的也是天使或博士之類的，其實妳更希望婦產科醫生或護士過來吧？雖然我也不知道當時有沒有那樣的職業。而且十二月一定很冷。不對，巴勒斯坦的氣候不知道怎麼樣。會熱嗎？真抱歉我還是有很多不懂的地方。

話說回來，這裡是日本的五月，據說對於找托兒所比較有利。最近有很多生完孩子也想繼續工作的女人，或者應該說，不工作根本沒辦法養小孩，可是很難找到工作期間託付小孩的地方，所以才要努力找托兒所。千春的雙胞胎女兒是三月生（啊，我們這裡的學校和公司都是從四月開始新年度），因為這樣，所以她找托兒所找得很辛苦。生了是地獄，不生也是地獄，到底是什麼鬼地方！都已經過了兩千年了還這樣。總之，下次請妳過來看看吧。

我自己也查了很多關於托兒所的資訊，還有制度和補助金之類的。我比上次更可靠些了吧？與其把自己遺忘在某個爛地方，我寧願自己來擔保，即使是謊言也好。不管是一個人、跟其他人在一起、或者與全世界為敵都沒關係。

我從床上起身，首先穿上鞋子。

生產後第十二個月

部長以外的所有人，現在都能夠端出咖啡了。

「也有綠茶喔。」

東中野喜孜孜地給我看。我以為是茶包，但沒想到卻是用茶壺來泡的。茶葉據說是在LOHACO（註22）一次大量購買。

當我請完育嬰假回到職場，部門的氣氛稍微（非常細微地）改變了。電話只要響四聲就會有人接。郵件和傳真如果從箱子滿出來，發現的人就會分配給負責人員。影印機的墨水如果沒了，大家不會裝作不知道而會主動更換。有東西掉在地上會撿起來。送來的點心不再一一分配到所有人的座位，而是放在被稱作「點心區」的桌上，大家各自取用。今天是由田中來切年輪蛋糕。

「空人真的好可愛。」

東中野瞇著眼睛，把看完的手機還給我。

註22 LOHACO：日本購物網站，商品內容以日常生活用品為主。

我在 instagram 追蹤和空人一樣在去年五月出生的男孩的母親帳號，下載這個帳號上傳的照片和影片，當有人說想要看小孩照片，就把這些拿給他們看。多虧如此，空人不斷成長，最近能夠抓著東西站起來，喜歡的玩具是會發出「唰唰」聲的海獅布偶，聽到喜歡的音樂就會搖屁股。希望那位母親即使在網路上不小心引來圍攻，仍舊能夠不氣餒地上傳照片，至少要維持到我周圍的人對空人不再關心為止。

「我相信公司的環境在生小孩之後仍舊能夠安心工作。請產假和育嬰假都沒有問題，譬如小孩子在托兒所發燒、需要臨時提早離開的時候，周圍的人也會支援。小孩子不是都很容易發燒嗎？」

「我也常常接到聯絡。老實說，我希望我先生能多幫一點忙，不過因為娘家很近，讓我輕鬆很多。我必須勸告各位，一定要找到願意配合的對象！」

小小的出租演講廳內發出有禮貌的笑聲，人事課的兩人很滿意地眺望會場。

今天是為大學畢業生舉辦的就職說明會。名為「職涯與今後生活規劃研討會」的這場說明會，不知為何只有女生能夠參加。各部門被要求選出「具有產假、育嬰假經驗的女員工（二十五歲～四十四歲）」，於是包含我在內的幾個人就被派到臺上來談自己的經歷。人事課的一人拿著麥克風說：

「對了，柴田，妳也是在去年生了孩子，這個月才剛回來上班吧？可以請妳談談嗎？」

她對我使了一個眼色。在弧度很漂亮的瀏海下方，露出像松鼠一樣的笑臉，像是在說「拜託了」。她似乎是在我請育嬰假的時候進公司的，我還是第一次跟她在一起工作。淺棕色的套裝看起來很高級，大概是為了這場說明會特地穿來的。我打開麥克風的開關。

「是的，我的確才剛剛回來而已，不過工作環境真的很好，目前也在部門其他人的協助之下，為了配合托兒所的迎接時間，五點多就下班了。」

「那很好。工作內容有沒有改變？另外也可以談談家人的協助，還有對自己今後職涯的規劃嗎？」

我稍微想了一下，開始說：

「工作內容方面……這個嘛，基本業務在生產前後都沒有改變，不過在懷孕之後，像端茶或清理冰箱之類的雜務減少了，讓我能夠更專注在工作上。關於家人的協助，因為我沒有結婚，所以沒有另一半；而且我也沒有告訴老家我生孩子的事情。幸虧這孩子不太需要花費心力照顧，也不會半夜哭鬧，減輕了我很大的負擔。關於職涯規劃，我考慮到將來有可能會轉職，所以正在準備資格考試。」

資深的人事課人員連忙點其他人說話。一旁的松鼠臉上的酒窩消失了，讓我感到有些抱歉。待會是不是應該向她道歉？不過要道什麼歉？

我一邊聽其他人說話，一邊看著穿著套裝的學生們。在場的有多少人呢？她們都懷著對工作的熱誠和對將來的希望，想要生孩子嗎？

的確，我也想要生孩子。可以的話，第二胎希望在大約三十七歲之前生下來。

作品中關於紙筒工廠的場景，得到日本紙管工業株式會社、大三紙化工業株式會社的建言，在此要由衷表達感謝之意。

嬉文化

空心手帳

（原名：空芯手帳）

著　者／八木詠美
譯　者／黃涓芳
執行長／陳君平
美術總監／沙雲佩
國際版權／黃令歡、梁名儀
榮譽發行人／黃鎮隆
美術編輯／方品舒
文字校對／施亞蒨
協　理／洪琇菁
主　編／劉銘廷
內文排版／謝青秀
總編輯／呂尚燁

出　版／城邦文化事業股份有限公司 尖端出版
台北市中山區民生東路二段一四一號十樓
電話：（〇二）二五〇〇—七六〇〇
傳真：（〇二）二五〇〇—二六八三
E-mail：7novels@mail2.spp.com.tw

發　行／英屬蓋曼群島商家庭傳媒股份有限公司城邦分公司 尖端出版
台北市中山區民生東路二段一四一號十樓
電話：（〇二）二五〇〇—七六〇〇（代表號）
傳真：（〇二）二五〇〇—一九七九

中彰投以北經銷／楨彥有限公司（含宜花東）
電話：（〇二）八九一九—三三六九
傳真：（〇二）八九一四—五五二四

雲嘉以南／智豐圖書有限公司
（嘉義公司）電話：（〇五）二三三—三八五二
傳真：（〇五）二三三—三八六三
（高雄公司）電話：（〇七）三七三—〇〇七九
傳真：（〇七）三七三—〇〇八七

香港經銷／城邦（香港）出版集團有限公司
香港灣仔駱克道一九三號東超商業中心一樓
電話：（八五二）二五〇八—六二三一
傳真：（八五二）二五七八—九三三七
E-mail：hkcite@biznetvigator.com

新馬經銷／城邦（馬新）出版集團 Cite（M）Sdn. Bhd.
E-mail：cite@cite.com.my

法律顧問／王子文律師 元禾法律事務所
台北市羅斯福路三段三十七號十五樓

二〇二三年一月一版一刷

封面繪製／町田久美「雪守り」（snow guard）
圖片版權／西村画廊（Nishimura Gallery）
美術指導／名久井直子

郵購注意事項：
1.填妥劃撥單資料：帳號：50003021戶名：英屬蓋曼群島商家庭傳媒(股)公司城邦分公司。2.通信欄內註明訂購書名與冊數。3.劃撥金額低於500元，請加附掛號郵資50元。如劃撥日起 10～14日，仍未收到書時，請洽劃撥組。劃撥專線TEL：(03)312-4212 ・ FAX：(03)322-4621。E-mail：marketing@spp.com.tw

國家圖書館出版品預行編目資料

空心手帳 / 八木詠美作；黃涓芳譯. -- 1版. -- 臺北市：城邦文化事業股份有限公司尖端出版：英屬蓋曼群島商家庭傳媒股份有限公司城邦分公司發行, 2023.01

面； 公分

譯自：**空芯手帳**

ISBN 978-626-356-015-4（平裝）

861.57 111019241